ヤクザからの愛の指輪は永久に不滅です…？

Sin Inazuki
稲月しん

JN067658

CHARADE BUNKO

Illustration

秋吉しま

CONTENTS

ヤクザからの愛の指輪は永久に不滅です…？ ― 7

あとがき ― 232

供給過多のハンカチ ― 233

バスローブを羽織っただけの姿でリビングに現れた男はゆったりとした動作でキッチンに向かう。

もう一度言う。バスローブを羽織っただけの姿だ。動くたびに前がはらはら捲《めく》れている。ドオオオンは隠れてないし、なんならこんにちはと言っている。

あれか。同棲始めたカップルは羞恥心がなくなって、熟年夫婦のようになっていくとかいうけれど、これもそれか。

そう思ってしまうのは、オレがあの男と恋人同士で同棲《どうせい》しているからで……。

オレの名前は秋津比呂《あきつひろ》。二十一歳。つい最近、大学四年生になったばかりだ。

顔は、まあ無駄に整っている。茶色の髪にアーモンド形の瞳。睫毛《まつげ》なんかは、マッチ棒が乗るくらいの長さだ。色は白い方だが、高校時代にバスケをやっていたおかげで、それほど貧弱というわけではない。

「柏木《かしわぎ》……」

オレは、少し眉を寄せて半裸の変態男の名前を呼んだ。

男の名前は柏木浩二《こうじ》。すっと伸びた鼻筋に、意思の強そうな眉。年齢は二十九歳。かなりの男前で、万人が納得するドオオオンの持ち主だが、いかんせん職業がよくない。

色々と事業も手がけているので純粋なそれとは言えないのかもしれないが、職業はヤクザ。国内トップクラスの組織である常盤会《ときわかい》の御曹司だ。

そんな男と恋人という関係になって、まあ……色々なことがあったわけだが……。

ふと自分の胸にかかる鎖に手を伸ばす。

そこには少し大きさの違うふたつの指輪がついていた。

シンプルなデザインのお揃《そろ》いの指輪。それはまあ、俗にマリッジリングというもので
……。柏木が用意したそれを、預かってふたつとも持っているのは、オレがそういうことを考えられるようになれば柏木に渡すのだと約束したからだ。

「なんだ?」

ブランデー用の氷を準備している音が聞こえる。ただ四角い氷を持ってくるわけじゃない。塊をわざわざ削るというこだわりがあるらしい。

風呂上がりにバスローブ姿でブランデーを飲む男、それが柏木浩二だ。

こう言うと、なんだか変な奴に思えるかもしれない。いや、実際にまともな男ではないのだが、バスローブもブランデーも柏木のためにあるんじゃないかっていうくらい似合っている。

「前、閉じろ」

はらはらさせたままこちらに歩いてくるから、そう言うと柏木はふっと笑った。

「触っていいぞ?」

「ふざけるな」

別に触りたいわけではない。むしろ触らせたいのは柏木の方だろう。その証拠に……持ってきたトレーにグラスが余分に乗っている。オレにも飲ませる気だ。

アイスペールとグラスがふたつ。オレ用の水と……生ハムとチーズ。それらをソファの前のローテーブルに置くと、部屋の隅にあるブランデーの棚に歩いていく。はらはらさせたまま。

あれか。ドオオオオンの持ち主は羞恥心というものがないのか。

そのままオレの横に座るから、バスローブの前を合わせて閉じた。これでドオオオオンとはさようならだ。

バスローブの紐《ひも》を可愛《かわい》くリボン結びにするのは、もう定番の嫌がらせだ。温泉旅行で柏木に浴衣を着せて以来、こうして柏木は自ら嫌がらせを受けに来る。

……柏木が甘えているのかもなんてことは認めない。オレがやっているのは嫌がらせなんだ。

柏木はふたつのグラスに氷を入れて、持ってきたブランデーを注ぐ。

自分のぶんはそのままで。オレのは少しだけ入れて、水を足して。でき上がったグラスを軽くかき混ぜて差し出すから、そうっと受け取った。

柏木のブランデーとウィスキーのコレクションは、ヤバい。

あの棚にずらりと並ぶものの中には百万円を超えるものもあるらしい。一度、勝手に飲もうとしたやつの値段が二百万円だと聞いてからは、すっかりあの棚に手を出せなくなった。いくら酒が飲みたいと思っても、そんな高価なものを味わえるような身分ではない。

柏木とグラスを合わせて、琥珀《こはく》色の液体を口に含む。

水で割っていても、その香りの強さがよくわかる。けれど、決して嫌な感じはなく、むしろ甘い香りで心が落ち着く気がした。

「なんか、違う?」

「りんごで作られたブランデーだ」

へえ、そうなんだと思うものの、そもそもブランデーって何から作られているかを知らない。普通にぶどうとかなんだろうか。

とりあえず、柏木とりんごのお酒が似合わない。こんな甘い香りのブランデーはきっとオレのために用意されたものだろう。

よし。ラベルを覚えておこう。これなら勝手に飲んでも怒られないはずだ。

「りんごだからといって、アルコール度数が低いわけじゃない。俺のいないところでは飲むな」

まるで心を読んだかのようなタイミングで言われてムカつく。

酔うとよく記憶を失《な》くすし、わりと手当たり次第に口説《くど》いてしまう酒癖の悪さはあるが、まったく飲まないと弱くなってさらに悪循環だと思うんだ。

「この酒にはチーズがよく合う」

すっとおつまみの皿を差し出された。柏木はおつまみを必要としないので、これもオレのために用意されたものだ。

小さなショートケーキみたいな形に切られたチーズは、カマンベールだ。ちょっと炙《あぶ》ってあって、中身がとろりと流れ出ようとしている。ぎりぎりのところで踏みとどまっているのが最高だ。横に添えてある生ハムもピンク色でおいしそう。いただきます、とフォークに手を伸ばしかけてふと止まる。

「また食べ物で誤魔化そうとしてるだろ」

柏木はよくオレを食べ物でつる。つられなければ問題ないのだが、おいしいものに罪はない。

「その生ハムは、この間行ったイタリアンレストランから譲ってもらった」

あ。むちゃくちゃ美味《うま》かった店だ。前菜の生ハムに感動して、柏木のぶんまで食べてしまった記憶がある。

「チーズは北海道で、限定生産されているやつだな。市場には出回っていない品だ。チーズを作るために北海道に移住した牧場主が……」

「あーっ、もうわかった、わかった。誤魔化されてやるから、要件はなんだ」

柏木が自らオレに酒をすすめてくるなんて、何かあるに決まっている。この間は旅行でつられて、ヤクザの会合とやらに同行することになった。今回は酒とつまみだから、それほど大きなことではないんだろうけど。

「来週だが」

「あ、来週は……」

柏木がオレの予定を聞いてきたのかと思った。

どこかに行こうだとか、そういう誘いをしてくるかと。けれど、来週は海外勤務の両親が久しぶりに帰国する。一週間ほど滞在して、また向こうに戻るらしいけれど空港まで迎えに行くことになっているし、滞在中は食事なども一緒にするだろう。

でも、よく考えてみれば、オレの予定を柏木が把握していないはずはない。

常識では測れないほど、執着心の強い男だ。

柏木を見ると、オレをじっと見つめていた。

なんなら、ちょっと楽しそうに口元を上げている。

「ご両親は一時帰国か。ホテルの部屋をアップグレードさせておいたぞ」

「いいっ、いいよ。そんなの！」

確か今回はちょっと奮発していいホテルに部屋をとったとは言っていたが、一番下のラ

ンクの部屋……もしくはそのもうひとつ上くらいのはずだ。

けれど、重要なことはちょっと奮発していいホテルをとったということ。そんなホテルでアップグレードさせたら、うちの両親はどんな部屋に泊まるというのか。

それより前に……。

「なんでうちの両親の帰国とか知ってるんだ?」

「うん? どうして帰国することになったんだろうな。五年はフランスから帰れないはずが、何かトラブルでも起きたんじゃないかと心配になるな」

今、その言葉を聞いて急激に心配になってきた。

うちの両親がフランスに海外転勤が決まったのは、オレが大学に入るタイミングだった。それから向こうの大学を受けなおす学力も気力もなくて、オレはこちらでひとり暮らしをすることになったのだが……。確かに、そのとき五年は一時帰国も難しいと言っていた。ついでにその言葉どおり、この三年とちょっとの間、一度も帰国していない。

「なんかした?」

「まさか。ご両親の不利になるようなことは何もない」

柏木がグラスを傾けると、からんと音がする。

不利になるようなことは何も……。その言葉は怪しい。まるで不利にならなければいいだろうと言っているようなものだ。こうやって言葉を微妙に変えてくるから、ヤクザって信用ならないんだ。

「空港まで一緒に迎えに行くぞ」

「は？」

思わずグラスを落としそうになって、慌ててテーブルに置いた。

「ちょ……、ちょっと待って。空港？　一緒に？」

色々と考えてみる。

うちはわりと放任なので、誰かとつき合ってるとかも今まで一度も報告をしたことはない。今回は……まあ、同棲してるわけだし、帰国したらつき合ってる人がいるくらいのことは報告しようと思っていた。

思っていたけれど……。

ちらりと横に座る立派なドオオオオンの持ち主を見る。

そうして、ないなと思った。

いきなりこれを連れていって、彼氏ですなんてありえない。

「一度、きちんと挨拶くらいするべきだろう」

それはあれか。つい先日、柏木のお父さんが結婚するにあたって、お嫁さんの実家へ挨拶に行ったのを見ていたからか？　いや、お父さんから何か言われたのかもしれない。

脳内で一生懸命柏木を両親に紹介するシミュレーションをしてみる。

『これ、オレがおつき合いしている柏木浩二』

だめだ。いきなりでは、両親がショック死する。もっとライトなところから攻めないといけない。

『今、つき合っている相手と一緒に住んでるんだよね』

これはなんの問題もない。そのくらいの報告では驚かれない。両親だって家賃の引き落としがないことぐらいは気づいているはずだ。

『それで、その相手が年上でマンション持ってるからそこで同棲している』

……まあ、渋い顔はするだろうが、詮索はしないだろう。一度会わせろ、くらいは言うかもしれないが、相手が忙しいと言えば、どうにかかわせるはずだ。

正直、両親が帰国している一週間はそうやって誤魔化そうと思っていた。問題はここからだ。

『相手が就職に反対している』

これはおかしい。

『一生面倒見るから、働く必要ないって』

うん。オレが親なら「は?」って思う。

『だからではないんだけど、大学卒業したら、専門学校に行こうかと思ってて』

このあたりで、わけがわからなくなって切れるはずだ。

『……男なんだよね、相手』

そこで、なるほどと思ってくれないだろうか。くれるわけないな。

海外はそういうことにオープンだと言うし、両親の意識が変わっていたとしても、詰め込む要素が多すぎる。

『ちょっとアウトローな職業だけど、表ではちゃんと会社経営してるから！』

うん。安心できる要素は何ひとつない。

『柏木浩二さんです！』

終わるな。全部終わる。

柏木を紹介して、両親が安心できるはずはない。

「比呂？」

柏木の声にすっかり黙り込んでしまっていたことに気づく。

「いや、無理だろ」

「何がだ？」

「だって、今回は大学出たら専門学校に行く相談をしようと思ってて……。それだけで大変なのに柏木を紹介って……」

「大丈夫だ」

何をもって柏木がこんなに自信満々なのかさっぱりわからない。

「それとも、比呂にとって俺は紹介もできないほど恥ずかしい存在か？」

にやりと笑っているから、本気でオレがそう答えるとは思っていないんだろう。オレだって柏木を恥ずかしいとは思っていない。

「……嘘《うそ》は嫌だから、紹介すると大変なんだよ」

「だが、これからずっと紹介しないつもりではないんだろう？」

それは、確かにそうだ。

将来的にこの指輪を嵌《は》めることになれば、そのときにまで隠したりはしない。

「早いか、遅いかだ。比呂」

それは間違いない。

間違いないけれど……。ちらりと柏木を見て、オレは深い溜息《ためいき》をつく。

せめて普通のサラリーマンとかなら、男が相手だと言ってもいずれは認めてくれたはずだ。それなのに、こんなに突っ込みどころ満載の男が彼氏だなんて。

「考えさせて……」

「無駄だな」

柏木が挨拶に行く気満々なら、確かに無駄かもしれない。オレがいくら阻もうとしたって勝手に行くくらいのことはするだろう。

「せめて、空港は……」

それはヤバい。

柏木や柏木の護衛が空港内を歩くだけで、人が避けていくのが容易に想像できる。その人たちに丁寧に迎え入れられ、黒塗りのベンツに案内されたら……印象は最悪なはずだ。

お金持ちを捕まえたのか！　これで将来安泰だ！　なんて喜んでくれるとは思えない。

「もうちょっと、こう……」

この怖い顔はなんとかならないものかと頬を引っ張ってみるがなんともならない。

いっそサングラスで顔を隠すとか……？　いや、ダメだ。似合いすぎて、さらに怖さが増す。

「では、帰国の日の夕食をこちらで手配しよう。ご両親が苦手なものは？」

「……ない」

和食も中華もイタリアンも、おいしければなんでもいい両親だ。いや……、おいしくなくても、それが食べ物であるなら喜ぶようなところがある。

「まあ、比呂のご両親に食べ物の好き嫌いがあるなら逆に驚くところか」

オレがすぐに食べ物でつられるのは、両親の影響とでも言いたいのだろうか。正解だよ、ちくしょう。

まだ柏木を紹介するということに決心がつかず、ブランデーに手を伸ばす。こういうときにアルコールが目の前にあると、飲んじゃうよな？　チーズも、生ハムも美味いし。

「心配するな。俺も比呂のご両親に嫌われたくはない。ただ、比呂をくれと頭を下げるだけだ」

空になってしまったオレのグラスを受け取って、柏木がおかわりを作ってくれる。

けれど、オレは柏木が言った言葉をぼんやり頭の中で繰り返していた。

比呂をくれと頭を下げる……だけ？

それは世間で結婚の挨拶のときに使われる言葉のはずだ。柏木はもうすっかりその気で話を進めようとしているのか？

それにうちの両親に嫌われたくない、なんて。柏木は誰に嫌われようと気にするような人間じゃないと思っていた。

「いきなり、重すぎないか？」

「真剣な交際をどうして誤魔化す必要がある？」

うん。そうだ。柏木は間違っていない。間違っていないけど……。大丈夫かな？　うちの両親、心臓発作とか起こさないよな？

頭が痛くなってきた気がして、生ハムを口に入れる。おいしいものしか、今のオレを癒してはくれない。

「……」

起きたら、もう正午を回っていた。

昨日は……と記憶を探るけれど、柏木が二杯目のブランデーを渡してくれたところまでしか覚えていない。パジャマは着ているが、飲んでいたときはパジャマじゃなかった。確実に一度は服を脱いでいる。

「……体、痛い」

主に、腰が。

それに若干声が枯れているところをみると、やらかしている。もういいかげん、柏木とのつき合いも長くなってきているのに、オレは学習するということを知らない。飲んだらこうなる。わかっていても、美味いつまみとアルコールを出されたら手を伸ばさずにいられない。美味いものはがまんできないだろう？　いつもはがまんさせられているアルコールも一緒に出されればなおさらだ。

柏木は当然のようにいなかった。いつも忙しくしているので、この時間だと仕事に行ったはずだ。

『ただ、比呂をくれと頭を下げるだけだ』

昨夜、柏木が言った言葉が頭の中によみがえって、布団を頭から被《かぶ》る。

胸元でしゃらりと音を立てる鎖を意識して、思わず足をバタバタさせた。

いや、そうなる。確かにそうなる。オレは柏木からプロポーズを受けたし、オレからプロポーズできるまで待っててくれなんて言った。そこに両親なんて存在が出てきたらそうなるに決まっている。

別に男だということで反対されない……と思う。そりゃあ驚くだろうし、すんなり歓迎してくれるわけではないだろうけれど話が通じない両親じゃない。

ただ、柏木浩二はヤクザだ。

どう取り繕っても、その立場は崩せない。

オレが柏木と一緒に頭を下げたところでどうにかなるものではないだろう。オレが親なら認めない。

「どうしろって言うんだ……」

美容師になると決めたのもほんの数カ月前のこと。大阪や高知に旅行して……柏木のプロポーズもあって、将来をしっかり考えなきゃと思ったからだ。

今はそのための準備をしているところで、第一段階として両親に専門学校へ行く許可を貰《もら》わなければと思っていた。そこに柏木浩二なんて存在が現れたら、専門学校のことを話し合う余裕なんてなくなるだろう。

まだそのときじゃない。

ちゃんと専門学校へ行って、それから就職して足元がちゃんと固まってから報告したって遅くないはずだ。

そう思うのに……。

『真剣な交際をどうして誤魔化す必要がある？』

その言葉が嬉《うれ》しくもあるだなんて、どうしようもない。

結婚という言葉を今まで強く意識していなかった。それなのに、いざ目の前にその現実がぶら下がってくるとこうも浮き立ってしまうものなのか。

いや、まだ現実じゃない。

オレはちゃんと美容師を目指してるんだし、そこが落ち着くまでは考えちゃいけない。

気合を入れるために両方の頬を手でぱんと叩《たた》いて体を起こした。


リビングに続くドアを開けると、壁際に立っていた高崎《たかさき》さんが「おはようございます」と頭を下げた。

高崎さんは柏木がオレにつけた専属の護衛だ。まあ、護衛だけでなく柏木と連絡をとってくれたり、送り迎えしてくれたり、必要なものを揃えてくれたり……オレが困らないように細々としたことに気を使ってくれている。

見た目は普通のサラリーマン。電車なんかに乗っていると、まったく印象に残らないような顔つきのおじさんだ。

推定年齢は三十八歳。多分、バツ三。坂本龍馬《さかもとりょうま》が大好きだ。あまりプライベートはしゃべらないので知っている情報は少ないけれど、あの少し下がった目元のせいだろうか……。ミステリアスさは微塵《みじん》もない。

でも柏木が選んだ護衛なだけあって蹴りとかむっちゃ綺麗《きれい》だし、銃の知識もある。

オレが高崎さんのそういう面を知ったのは……まあ、柏木浩二とつき合っていれば、色々とあるのだということだ。

「今日は出かけられますか?」

「出かけなーい」

洗面所でひととおり朝の支度を終えて戻ってくると、テーブルの上には旅館のような朝食が並んでいた。

炊きたてのご飯に、濃い色の味噌汁。白っぽい魚の西京焼き。さわらかなあ?

ちっちゃい豆皿にはきゅうりの漬物とたくあん。あ、小鉢にしらすも置いてある。しらすご飯、いいよなあ。和の香りってやっぱり贅沢《ぜいたく》だ。

よく、つき合う相手の胃袋は摑《つか》んだ方がいいと言われるけれど、オレはがっちり摑まれてしまっている。柏木も作ることがあるし、普段はこうして料理専門の人が来て作ってくれる。座っただけで極上のご飯が出てくる贅沢を味わってしまうと、人って戻れないものだなと思う。

オレ？　オレの得意料理はカレーだ。そのあたりで料理の腕のレベルは察してほしい。ごくごく普通の、ひとり暮らしの学生の域は出ていない。

「大学の方は順調ですか？」

高崎さんに聞かれて、ご飯が喉に詰まりそうになる。

柏木とつき合い始めた三年生の時分、オレはけっこうな数の単位を落とした。一年、二年とわりと取れていたので、四年生の今年に授業を入れていくことでなんとか留年は免れそうだが、それは今年の単位をひとつも落とさないことが前提だ。

でも次の進路が専門学校だと決まっている以上、就職活動はないのでこれくらいはがんばらないといけない。

「まあ……、多分？」

進路を専門学校に決めてから、大学をあと一年続けることは贅沢なんじゃないかと頭をよぎらなかったわけじゃない。

決めたのは三月の頭だったけど、探せば四月から通える専門学校もあったはずだ。

ただ、自分が中途半端になるのは嫌だった。

進路を変えはしたけれど、大学に行くのだってオレが決めたことだ。それを終わらせることもできないまま次の目標に向かうのが嫌だったんだ。

ヤクザとつき合い始めてから将来に対して真剣になるって、なんか違う気もするけれど、柏木があんまりまっすぐ気持ちを伝えてくるから……オレも、色々見つめなおさなきゃいけなくなって……。

「来週、なんだけど」

「ああ。ご両親のお迎えですよね。車を出しますか？」

「いや、亮《りょう》に頼もうと思ってる。いきなり高崎さんが来たらびっくりするじゃん」

推定三十八歳のおじさんとオレの繋《つな》がりがわからずに困惑するに違いない。亮なら小さいけど車を持っているし、うちの両親も知っているし……。空港に怖い顔した人たちをぞろぞろ連れていくよりは絶対にマシなはず。

朝霞《あさか》亮は中学時代からの親友だ。高校、大学も一緒で一時はバイト先まで一緒だった。まさか朝霞組の跡取りとは知らなかったけど。

高崎さんはさすがに大学構内では目立つので、構内では亮がオレの護衛を務めている。大学の講義もほぼ一緒だったから、特に護衛として負担をかけてはいなかったんだけど……今年は違う。亮は順調に単位を取っていて、ほとんど大学に来なくてもいいくらいなのに、オレのせいで通わなくてはならない。ほんとごめんと言いたいところだけれど、オレを通じて柏木浩二に恩を売るのも悪くないと亮は乗り気だ。逞《たくま》しい。

「ああ、そうですね。では亮さんに詳しい警備計画を伝えておきます」

「……ああ、うん」

ただ、空港に迎えに行くっていうだけで詳しい警備計画ってなんだろうと思う。

「大丈夫ですよ。会合にも行きましたし、常盤の本家からも認められましたのでこれで盾突くような馬鹿はいません」

はははっと笑う高崎さんに顔が引きつる。

常盤会、というのが柏木が将来継ぐだろうヤクザの組織の名前だ。

三月に大きな会合が大阪であって、半ば騙《だま》されてついていったオレは、そこで柏木のお父さんや、柏木の幼馴染でお父さんと結婚した響子《きょうこ》さんとひと騒動あった。

円満に解決できたおかげか、あれから柏木のお父さんも響子さんもオレに対して随分フレンドリーだ。気軽に遊びにおいでと何回も誘われているが、ヤクザの本家に気軽に出向けるわけはない。すべてお断りしている。

一体いつまで断れるかわからないが、これからも全力でお断りし続けようと思っている。いや、響子さんには会いたい気も……あー、ダメだ。やめておこう。柏木の家は濃い人が多すぎて疲れる。

「高崎さん」

「はい？」

「相談に乗ってほしいんだけど」

オレが言うと、高崎さんが近づいてきてくれた。オレは箸を置いて、椅子に座ったまま高崎さんを見上げる。

「両親に柏木浩二を紹介するっていう、無謀なことをできるだけ穏便に済ませるためにはどうしたらいい？」

「……」

高崎さんの目が泳いだ。

さっきまで、相談に乗ってくれる気満々に見えたのにオレの方を向いてくれない。

「比呂さん……、あの……その、社長にもいいところはたくさんあります」

ある……あるかなあ？

顔は怖いし、職業もよくないし、執着心も強いし嫉妬深い。だめだ。並べてみると恋人として最低な部分しか思い浮かばない。

「その、いいところをできるだけ目立たせるようにして、ですね」

「例えば？」

「た……」

例えることもできずに挙動不審になるなら、適当なことを言わないでほしいと思う。

「け……っ、経済力ですっ！　社長の経済力はかなりのものです！」

うん。確かに柏木の経済力は馬鹿にできない。けれど、ヤクザが金持ってて安心できるのかと聞かれれば……不安しか生まれない。

「あと、容姿です！　社長は男から見ても、大変素晴らしい容姿をお持ちです」

確かに柏木はかっこいい。けれど、あっちゃいけない迫力も同時に持っている。言うなれば、危険な男の香りを振りまいている。

「あとは愛です！　比呂さんに対する愛情は疑うべくもありません！」

ああ……。これも微妙だ。柏木の愛ははっきり言って重すぎる。普通の愛が十だとすると百くらいの数値は叩き出すだろう。

「金持ってるヤクザの危険な男に、重すぎる愛を向けられている……」

高崎さんの言葉を纏《まと》めれば、そういうことだ。

「……」

そこで黙り込まれると困る。さっきの調子で「そんなことはありません！」と否定してほしい。


結局、これといった案は見つからないまま両親が帰国する日になってしまった。

亮にも相談したけれど「無駄だ」のひとことで片づけられてしまい、どうしようもない。

亮に車を出してもらって空港に迎えに行く予定だったのに、直前になって母親から『ホテルの無料送迎があるみたいだから迎えに来なくていい』と言われたときには真っ青になった。

だって、その無料送迎……絶対に柏木が手を回している。

普通のバスならいいけど、リムジンとかで行ってたらどうしよう?

そう思うけれど、それには乗らない方が……なんて怪しすぎて言えるはずもない。

両親のチェックインの時間に合わせていったホテルは新宿のわりと大きなホテルで……これで部屋のグレードがとんでもないことになってたらどうしようと思った。

ちょっと早く着いてしまったらしく、まだ両親は来ていない。

ラウンジでコーヒーでも飲んでいようか……と考えて、オレは随分柏木に毒されているのに気づいた。だって、こんなホテルのコーヒーなんて一杯いくらするんだ?

仕送りとバイトで生計を立てていたときなら、ラウンジに足を踏み入れようとも思わなかった。デザートはなんにしようなんて浮かれたりしなかったはずだ。

「慣れって怖い」

そう思っていると、ひとりのホテルマンがこちらに向かって歩いてきた。

ぽやっと突っ立っていたら仕事の邪魔だな、と避けるとホテルマンも進路を変える。

「……?」

そうしてホテルマンはオレのすぐそばまで来て、会釈した。中年のベテラン風のホテルマンは背筋がピンと伸びているくせに雰囲気が柔らかい。

「あの……」

「秋津様、お待たせしております。迎えの車が少し遅れているようで申し訳ございません。よければラウンジでお待ちになってはと思い、お声がけさせていただきました」

「……」

秋津様って、言った。くるりと高崎さんを振り返る。このホテルで顔が知られていると は思えないから、何かしたなら高崎さんのはずだ。

高崎さんには驚いた様子はない。やっぱり、高崎さんのせいだ。

「じ……じゃあ……」

いいです、と断ってしまうこともできないオレを責めないでくれ。わがままなんて言えないんだ。

「ではご案内いたします」

そう言ってホテルマンが歩いていく先は、エレベーター？

ラウンジってすぐそこじゃないんだろうか？　と考えていると、並んでいるエレベーターを通り越して別のエレベーターに案内される。

「ちょ……」

思わず高崎さんの袖を摑んだ。

「柏木、どんな部屋用意してるの？」

これ、絶対普通の客室には行かないエレベーターだ。

「……それほど大きくはない部屋にしたとは聞いています」

絶対嘘だ、と思っている間にエレベーターが到着して中へ誘導される。ホテルマンがカードキーをかざさないと動かないエレベーターなんて一体どこに連れていかれてしまうんだろう。

柏木と一緒のときなら、まあそういうもんだろうと気にならない。けれどオレと高崎さんでこういう場所に連れてこられても非常に困る。

エレベーター、むっちゃボタンが少ないし……。そのわりにものすごい上昇してる感があるし……。だめだ。オレの庶民感覚がついていってない。きっと両親もここに連れてこられたらこうなるだろう。

ごめんよ、と心の中で謝りながらエレベーターを降りると、やたら大きいソファが並ぶラウンジに案内された。

うん。むちゃくちゃ景色がいい。

高崎さんはラウンジに入らずに入り口付近で立ち止まった。きっとそこに立っているつもりだろう。オレ、ひとりでこの中でくつろげるだろうか？

「どうぞ、こちらへ」

案内されたのは窓際の席。天気がいいから遠くまで見える。大きめのソファも座り心地抜群だ。

「お飲み物のオーダーはこちらで」

出されたメニュー表には、ちっちゃいおしゃれな文字が並んでいる。コーヒーと書いてあるだけなのに、説明文が長くてただのコーヒーではないんだろうなと思わせる。

「じ……じゃあ、アイスコーヒー」

こういうところで変わったものを頼めないオレは小心者だ。

「かしこまりました。おかわりなどもお気軽におっしゃってくださいね。ご注文いただいても、あちらでお好きなものをお取りいただいてもけっこうですので」

お好きなもの……？

振り返ると、中央付近にデザートやフルーツが並んでいるテーブルがある。

「……！」

待ってくれ。あれは自由に食べていいやつか。

そうか。そうだな。クラブラウンジってそういうところだと聞いたことがある。柏木と一緒だと、ルームサービスになることが多いから来たことがなかった。今度からはちゃんとこういうラウンジにも来ないといけない。

「取ります！　あとは大丈夫なので！」

オレの答えに、ホテルマンが会釈して去っていく。

高崎さんがいなくなって、ひとりになってしまった不安など吹き飛んだ。あのデザートたちを満喫しなければ、居心地悪い思いをしてここに来た意味がない。

気合を入れて立ち上がると、同時に携帯が鳴った。

『もうすぐホテルに着きます』

着信は母さんからだ。履歴に残っている適当な笑顔のマークを返して、オレはデザートたちに向かう。ホテルに着いて、車から降りてここに案内されるまではまだ少し時間があるはずだ。

それに……、オレの食い意地は遺伝だと思っている。このデザートたちを見た両親がスルーして部屋へ行くとは思えない。

吟味した数種類のデザートを皿に乗せて席へ戻る。思わず顔がにやけてしまって……、ふと顔を上げると、さっきのホテルマンと目が合った。

わかってますよというような笑顔を返されて、慌てて視線を外す。デザートでにやける姿を目撃されるのは恥ずかしすぎる。

「比呂」

その声が聞こえたのは、オレが三回目の皿を席に運んでいるときだった。だって、マカロンがあったんだ。マカロンなんて、すぐになくなってしまう。そして全種類食べないといけないような気がする不思議なお菓子だ。

「母さん？」

久しぶりに見る母さんは……うん、変わっていない。今年四十八歳になる女性としては、若く見える方だと思う。フランスでもバリバリ働いていたみたいなので、少し顔つきはきつくなっているような気がする。

「比呂、こんなところで待ってるなんて……」

その母さんのすぐ後ろにいるのが父さんだ。見た目は三十代。オレとそっくりなのは昔からで、高校時代はよく兄弟に間違えられていた。これでも母さんより年上の五十歳だ。

母さんのフランスへの転勤が決まったとき、それまで勤めていた銀行をあっさり辞めてついていく決断をしたのはすごいと思う。

「ここ、クラブラウンジだろ。宿泊者以外は料金がかかるんじゃないか？」

うん、まあそうだろう。けれど、ホテルの人が案内してくれたので料金は柏木か高崎さんが払うんだと思う。

「びっくりしたわ。お部屋お任せプランで予約したら、こんなところに連れてこられるんですもの。間違いじゃないかって確認したら、ホテルの何周年か記念でランダムにいい部屋を振り当ててくれてるんですって」

ああ、そういうことになっているのか……。柏木も少しは気を使ってくれたらしい。

「比呂……それ、マカロンね？」

母さんがオレの持っている皿に視線を落とす。

三年くらい会っていないというのに、オレの成長よりマカロンが気になるらしい。マカロンなんてフランスでたくさん食べてるんじゃないかという気がするけど。

「フランスもけっこうおいしいスイーツあるけれど、やっぱり日本の味が恋しくなるのよ。こういうものって日本人の舌に合うように改良されるじゃない？　席はどこ？」

座って食べる気満々だ。

スーツケースとかは……ああ、ホテルの人が先に部屋に運んでくれるのか。いたれりつくせりだ。

「比呂、ちょっと背が伸びたか？」

父さんが隣に並んで頭の上に手を置いた。父さんとオレは顔だけでなく手や耳の形などのパーツまでよく似ている。父さんの若いころの写真は、そのままオレだと言っても通用するだろう。

「最近、測ってないからわからないけど……そうかも」

スイーツを選び始めた母さんをほうって、ふたりで席に戻る。

「大学はどうだ？　彼女はできたか？」

「かの……」

彼女。うん。こういうとき、彼女を紹介できたなら、きっと親孝行になるんだろう。テーブルの上に置いたマカロンをひとつつまんで、少し視線を泳がせる。

「その反応！　いるんだな？　どんな子だ？　同じ大学か？」

うきうきとして聞いてくる父さんに全力で謝りたい。きっと父さんが今、想像している人物像とは百八十度かけ離れているだろう。

「同じ大学……ではないな」

そういえば柏木の大学とか聞いたことなかったな。なんとなく、偏差値高そうな大学に行ってた気はするけど。

「まさか高校生ってことはないよな？　滞在してる間に紹介はしてくれるのか？」

視線を泳がせたまま、手にしているピンクのマカロンを口に入れる。ヤバい……味がしない。ピンクだから苺《いちご》か桃だと思って楽しみにしてたのに。

「なんの話？　楽しそうね？」

母さんがデザートをこんもり乗せた皿を持って席に来た。父さんが少しずれて母さんの場所を空ける。

「比呂、彼女がいるんだって。今、紹介してくれるかどうか聞いていたところなんだ」

「あら。彼女なんて、高校時代からそれらしい子はたくさんいたじゃない」

「それらしいってだけだろ。ちゃんと彼女だって断言するような相手はいなかったじゃないか」

ああ、両親の会話聞いてると、数年前のオレって適当なことしてたなあと思う。

今なら全力でごめんなさいと謝るところだ。

「……今日の、夜」

味がしないままのマカロンを飲み込んで、ぽつりと呟《つぶや》く。

「うん？　今日の夜がどうした？」

「今日の夜、食事のときに紹介……」

「紹介してくれるのかっ？」

父さんがはしゃいでオレの言葉を遮ってくるけれど……紹介するとは言い切ってない。

まあ、紹介したくないと言っても柏木は来るだろう。それこそ、直前で場所を変えても食事をやめても絶対に来る。

力なく頷《うなず》くと、父さんがむっちゃ笑顔になる。

「羽瑠《はる》さんっ、比呂が彼女紹介してくれるって！」

「あら。意外ね。あんたのことだから、結婚しても事後報告かと思ってたわ」

「それだけ真剣な相手なんだろう。うん、いいことだ。それで、相手の名前は？」

名前……。

名前か。

身を乗り出してくる父さんに伝えるべきかどうかを悩んで……。うん。でも、このテンションで食事の場所にいきなり柏木が来たら倒れるだろう。そう思って覚悟を決める。

「柏木、浩二」

ぽつりと呟いた名前に……ああ、空気が凍るっていうのはこういうことなんだなと思った。

父さんは笑顔のまま固まって動かなくなった。

母さんは目を丸くして……そのあと、肩を揺らして笑い始める。

「柏木浩二。二十九歳」

「男？　相手、男なの？」

静かに頷くと、堪《こら》え切れなくなったのか父さんの肩をバンバン叩いている。父さんは固まったままだ。

「息子が男の恋人紹介するって言い出すなんて、ドラマみたいだわ」

「は……羽瑠さんっ、そんな呑気《のんき》なこと言ってる場合？」

ようやく復活したらしい父さんがやけにうわずった声を上げる。

「相手がどんな人かもわからないのに、何を慌ててるの？　男同士でつき合ってて、オープンにするのは普通の交際よりも数倍難しいわ。それをきちんと挨拶しようっていうんだから、少なくとも誠意はあるんでしょう」

「でっ……でも、比呂がそんな……」

「でもも何もないでしょう。貴方だって、言い寄ってくる男のひとりやふたりや三人や四人、いたじゃない。今更、驚くことでもないわ」

オレとそっくりな父さんは……。うん。きっとオレと同じようにモテてたはず。

今だって見た目は三十代だし……西洋人からは東洋人って若く見えるらしいし、向こうでも苦労してるんじゃないだろうか。

「貴方、あれだけ男誑《たぶら》かしておいて頭が固いわねえ」

「たっ……、誑かしてなんてないっ！　私は羽瑠さんひとすじだから！」

「はいはい」

父さんを軽くあしらってデザートを食べ始める母さんはかなり強い。うん。母さんならきっと柏木を連れてきても大丈夫だろう。問題は、頭を抱えてぶつぶつ言ってる父さんだな。

「悩んでも仕方ないじゃない。どうせ、夜には会うんだから、悩むなら相手を見てからにしなさいよ」

母さんの言うとおりだ。このくらいで悩んでたら、柏木浩二なんて存在は受け入れられないに決まっている。

「じゃ、今日の夜。十九時に来るから！」

今はきっと父さんの心を落ち着ける時間が必要だ、と席を立つ。

マカロンは名残惜しいけれど、父さんと母さんがここにいる間はいくらだってチャレンジはできる。

「あ、逃げた」

母さんがぽつりと呟いたけれど、聞こえなかったふりをしてオレはその場を離れた。


「高崎さん、ちょっと柏木とスーツ交換してくれる？　あれじゃあ、普通の人に見えない」

柏木は普段からわりとスタイリッシュだ。ダークカラーのスーツが多いけれど、すっきりしてるというか、纏まってるというか……。ただ、柏木がおしゃれに気合を入れると悪役感が増す。イタリアンマフィアに近づいていく。

「比呂さん……、社長に普通を求めることが間違っています」

「でもね、両親に紹介するのにあんなラスボス連れていくって……もう、なんの罰ゲームかと思うわけじゃん」

こそこそと話している間にエレベーターが目的の階に着いてしまう。柏木はオレと高崎さんの会話が聞こえているはずなのに気にした様子はない。

父さんと母さんが泊まるホテルの中にある和食の店だ。帰国したばかりで、移動はしたくないだろうと柏木が予約を入れてくれた。さっき、先に着いたと連絡があったから中で待っているはずだ。

「比呂。諦めろ」

すっとオレの腰に手を回そうとするから、慌てて避ける。両親の前でのボディタッチは気まずくて仕方ない。

「いらっしゃいませ」

店の前でホテルマンが出迎えてくれた。昼間、ラウンジへ案内してくれた人と同じ人だ。

「お連れさまは中でお待ちです。どうぞ」

案内についていくと、ホテルの中の店なのに石畳がある。障子風の壁で区切られたいくつかの個室を通り越して奥まった部屋の前で止まった。

ここを開けると、両親と柏木が顔を合わせてしまう。

今すぐ逃げ出したいような気持ちになりながら、必死で足を動かそうとするのに……正直な体がなかなか言うことを聞かない。

こんなに緊張するなんて、いつぶりだろう？

大学受験のときだってもっとマシだった気がする。

「比呂、かわりに開けようか?」

「いやっ、いいです!」

なんで敬語? と自分でも思ったが、柏木にこの扉を開けさせるわけにはいかない。そんなことになれば、父さんが倒れる。父さんのために、とわけのわからない決意のもと、オレは扉をゆっくり開けた。

「……」

うん。わかってた。ラウンジで柏木の名前を告げたときと同じような空気になることはじゅうぶん、覚悟していた。

個室の中は少し大きめのテーブルがひとつ。和食だけれど、和室ではなく……、なんというか和と洋が上手く合わさった、大正時代っぽい感じ装飾で纏められている部屋だ。

「えーっと、柏木浩二さん……です」

父さんが椅子から少し腰を浮かせたまま固まっている。

「柏木浩二です。初めまして」

柏木が……なんというか、あんまり聞いたことのないような柔らかい声で、頭を下げた。

頭を下げた?

柏木でも会釈したりするんだ、となんだか感動する。

「あらまあ……」

母さんの『あらまあ』がどういう意味なのかわからないけれど、とりあえず笑っておくか。

「柏木さん、初めまして。比呂の母の羽瑠です。こっちは父の雄太《ゆうた》。よろしくお願いしますね」

動かない父さんを置いておいて、母さんがさらりと挨拶する。

「どうぞ、おかけになってください」

「失礼します」

「よっ、よろしくなど！　比呂っ、どういうことだっ。か……彼は、柏木浩二じゃないかっ！」

柏木が椅子を引こうとしたところで、父さんが叫んだ。

「あら、今挨拶したところじゃない」

「違う。そういうことじゃない。彼は、あの柏木浩二だろう？」

「……！」

父さんの表情が厳しい。あの、とわざわざつけるくらいだ。柏木のことを知っていたのかもしれない。

「だからお前を置いていくことが心配だったんだ」

「父さん？」

「今からでもいい。一緒にフランスへ行こう！」

こっちに歩いてきた父さんが腕を摑もうとするから、すっと避ける。いや、だって父さんが冷静じゃない。まあ、柏木を知っていたというのなら冷静でいられないこともわかるけれど……。

「貴方、落ち着いて。比呂だって大学もあるんだし、今からフランスなんて無理よ」

「大学なんてどうだっていい。可愛い息子がこんな男に騙されてるなんてほうっておけない」

柏木を知っていて、こうやって真正面から文句を言える父さんはすごいと思う。オレの無謀なところは父さんに似たのかもしれない。

「騙されてるかどうかなんてわからないでしょう?」

「騙されてなくてもだ。柏木浩二は、あの常盤会会長の息子だ。比呂が幸せになれるはずない！」

父さんが一息に言ったところで空気がまた凍る。今日はよく空気が凍る日だ。そんなに寒くはないんだけどな。

もう笑うしかなくて、微妙な笑みを浮かべると母さんは柏木を見つめて深い溜息をついた。

「……柏木さん」

「はい」

「単刀直入に聞きますが、貴方、その筋の方？」

はっきりと聞く母さんにビビる。

柏木は気分を害した様子もなく、にっこりと笑った。

「対外的には会社経営もしておりますので、どうとも言えませんが。まあ、実態としては否定いたしません」

「日本は厳しいって聞いてたけどそうでもないのね」

「何事にも抜け道はありますので」

会話が怖くて入れない。

「ほら！　比呂、早く離れなさい。すぐに出国の手続きするから！」

携帯を取り出す父さんは本当に今すぐ飛行機のチケットを予約してしまいそうだ。

その手を止めたのは母さんだった。

「今日のところはいいじゃない。ひとまずご飯食べながら話しましょうよ。お腹空《なかす》いたわ。時差もあるし、食事のタイミングが微妙なのよね」

ほんの数時間前にはデザート山盛りの皿を持っていたような気がするけれど、あんまり突っ込めることでもない。

「でも、羽瑠さん……！」

「貴方、無計画に比呂を連れて逃げられると思ってるの？　どうなるにしろ、きちんと話をしてからでないと。ねえ、柏木さん？」

「そうしていただけるなら、余計な手間はかからないかと」

お互い、笑顔で怖い会話を続けるのはやめてほしい。無計画に逃げたときの手間ってなんだろう？　あれかな。出会ったときみたいな追いかけっこかな？　さすがに頬が引きつってしまう。

「もう、そういうのいいから。オレ、ちゃんと柏木が好きでつき合ってるから大丈夫」

「だっ……大丈夫じゃないだろう！」

父さんが真っ青になっている。柏木はどや顔をやめてほしい。

「比呂がそんなにはっきり言い切るなんて珍しいわね」

母さんが椅子に腰を下ろして、そのあとオレと柏木も座る。そうなると父さんもひとりで立っていられなくなって渋々腰を下ろした。

そのタイミングを見計らって、店員さんが飲み物のオーダーを取りに来てくれる。もしさっきまでの会話を聞きながら外に待機していたとしたら非常に申し訳ないことをした。きっとこの部屋に入るのにものすごい勇気がいったに違いない。

父さんは早々にウーロン茶をオーダーした。アルコールを入れる気はないらしい。

「生！　生ビール、お願い。久しぶりに日本のビール飲みたいわ」

ビールが飲みたくなるのは日本に帰ってきたということだけではないような気もするけれど、オレもビールと手をあげる。ちらりと柏木の様子を窺《うかが》ったが、何も言わずにビールを注文しているので、今日の飲酒はセーフなようだ。きっとこの店にはいい感じの日本酒もあるに違いない。あとでしれっと注文しよう。

「フランスではワイン？」

「ドイツやイギリス、オランダに囲まれてるのよ。ビール飲まないわけないじゃない。でも向こうじゃグラスがちっちゃくって。やっぱり最初の一杯を一気にいきたい身としては物足りないわ」

まあ、そういうもんか。いくらワインで有名な国でも、ワインばっかり飲んでるわけじゃないだろう。ヨーロッパにはいろんな種類のお酒がある。

「比呂……。比呂がビール……！」

父さんが目をぱちぱちさせている。最後に会ったのが大学入学前なので、アルコールを飲むオレに馴染《なじ》みがないんだろう。

「比呂！　今度父さんとふたりで飲みに行こう！　息子と酒を飲むのにあこがれて……」

「却下」

父さんの言葉を遮ったのは母さんだ。

「貴方、自分のお酒の弱さ、わかってるの？　比呂だってそんなに強くないでしょう？

ふたりして酔っぱらって変なのに連れていかれても知らないわよ」

ああ。そうだった。オレが酒に弱いのは父さん譲りだ。

昔から父さんが飲みに行くと、母さんは必ず迎えに行っていた。父さんが酔うと何が起こるかわからなくて大変なんだそうだ。

オレも身に覚えがあるので、父さんを責めることはできない。

「比呂さんが酒に弱いのはお義父《とう》さん譲りですか」

そう思ってると、柏木がさらりと父さんを『お義父さん』と呼んだ。笑顔で攻めてる。というか、柏木が敬語使ってる……。柏木が敬語使うところなんて見たことがない。これって、むちゃくちゃレアじゃね？

「……貴方に『お義父さん』と呼ばれる筋合いはない」

「ですが、比呂さんと苗字《みょうじ》が一緒なので、秋津さんとお呼びするわけにも」

「秋津でけっこう！」

ぎゅっと父さんが眉を寄せる。残念ながら父さんがそういう表情しても、まったく迫力がない。若く見えることの弊害だ。銀行に勤めていたときも、よくそれで舐《な》められると愚痴を言っていた気がする。

ちょい年上に見える柏木と、若く見える父さんとが並べば同じくらいの年に見えなくもない。まあ、父さんが怒った顔が怖かったとしても、柏木に通用するとは思えないけど。

飲み物が運ばれてきて、機嫌の悪い父さんを除いて乾杯する。こういうとき、オレも母さんもマイペースなので父さんに合わせたりしない。それでまた拗《す》ねる、というパターンが多いんだけど。

運ばれてくる料理を食べながら、当たり障りのない会話を交わす。ときおり、柏木がオレに向ける視線を追う母さんの目つきが生温《なまぬる》くていたたまれない。父さんはただひたすら無言で食べている。たまに頬が緩みそうになっているのは料理が好みだったときだろう。慌てて表情を引きしめているが、食べ物に弱いのは秋津家の伝統だ。

「比呂とはいつからつき合ってるんですか？」

あらかた料理が終わって一息ついたころ、父さんが口を開いた。今までこの話題を出さなかったのは、ひとえに料理を楽しむためだろうと思う。

ちなみに、柏木が許してくれたお酒は最初のビールだけだった。グラスが空きそうになるたびに先回りしてウーロン茶をオーダーされ、最後にオレンジジュースになったところで日本酒は諦めざるをえなかった。

「去年の夏ごろですかね」

「じゃあ、まだそれほど長いというわけじゃ……」

「長さは関係ありません。私は比呂さんと真剣におつき合いさせていただいております。将来的にもきちんと面倒を見ていくつもりです」

「し……将来？」

「ええ。日本ではまだ法律的に結婚は認められていませんので、それに準ずる形を整えられたらと」

「けっ……」

柏木が飛ばしすぎた。父さんが真っ青になって、母さんが笑いを堪えてる。母さん、飲むペースが速かったもんなあ。

「結婚……？　結婚？」

あ。倒れそう。母さんが呆《あき》れてる。

「……柏木さん。急なお話でこちらも驚いております。すぐに結論が必要なわけじゃありませんよね？」

母さん、あれだけ飲んでたのに、しっかりしゃべってる。

「もちろんです。納得いただけるまではいくら時間をかけていただいてもかまいません。ただ、結論が変わることはありません」

ちらりと母さんがオレに視線を送ってきた。この男は面倒だぞ、と訴えているかのようだ。まったくそのとおりなので曖昧に笑っておく。

「確認なんですが、今、比呂はそちらのお宅で生活していますか？」

「はい。一緒に暮らしております」

「いっ……一緒に？　いつからっ？」

　父さんがまた倒れそうだ。

「夏ごろから生活費が全然引き落とされてないもの。貴方に言うと面倒だからほうっておいたけど」

「羽瑠さんっ？　そういうことはちゃんと言って！」

「二十歳超えた男の子がどこで暮らしてようと自由でしょ。一応、亮ママに連絡とってみたけど、大学には行ってるみたいだったし、元気ならいいかと思って」

　オレじゃなくて亮のお母さんに確認するあたり、信用されてるのかされてないのかわかりにくい。

　亮の両親は普通の人だ。

　亮のお父さんは随分昔に家を出て普通の会社員として生活していて、ヤクザの世界との関わりはないらしい。亮のお母さんとオレの母さんとは気が合うみたいで、こっちにいたときはよくランチに行ったという話を聞いていた。

　亮は大学を卒業したら伯父さんの家に養子に行くことで朝霞組の跡取りとなる。中学や高校のときはオレも亮がいずれヤクザの跡取りになるなんて知らなかった。多分、母さんもそういう繋がりに関しては知らないはずだ。複雑な事情がありそうだけれど、必要があれば亮から話すだろうと思って聞いたことはない。

「いいわけないじゃないか！　柏木浩二だよ？　あの、柏木浩二なんだよ？」

「でも、比呂……幸せそうじゃない？」

その言葉に少し頬が赤くなった気がして慌てて両手で擦《さす》る。母さんの視線が生暖かい。

「かっ……柏木さんは、本当に比呂を……？」

「愛しています。これ以上、ないくらいに」

断言する柏木に、母さんが思わずといった様子で口元を押さえる。そうだよな。こんなにはっきり愛を告げるのは、柏木浩二しか見たことない。

自分で聞いておきながら、父さんが頭を抱える。そのまま浮上しそうにない。

「今日のところはこれくらいにしておきましょうか。こちらには一週間、滞在いたしますので、いずれまた」

母さんが父さんの背中をぽんぽん叩きながら言うと、柏木が席を立って深々と頭を下げた。


「それは大変だったな」

次の授業に向けて移動しながら、亮が笑う。笑い事じゃない。

「お前も、あんなラスボスみたいなのを恋人として両親に紹介するっていう罰ゲームを味わってみればいい」

「遠慮する」

「あ、秋津！　いた！」

そのとき、すれ違った学生のひとりが立ち止まった。ゼミが同じでよく一緒に遊びに行ってた相手だ。柏木とつき合うようになってすっかり疎遠になってしまったけれど、向こうは気にしてない様子で話し出す。

「構内で秋津のこと聞き回ってる変な奴がいるって。気をつけろよ」

「え、マジで？」

「ああ。お前の場合、ストーカーも本気度高いからなあ」

気の毒そうな目で見ないでほしい。

「もしかして、それ言うために探してくれてた？」

「うん、まあ。メッセージ送っても見ないこと多いだろ、お前」

メッセージを見ない？

そんな記憶はない。ないが、思い返してみるとここ数カ月、友達からのメッセージは激減している気がする。みんな就職活動に忙しいせいかと思っていたが……そうじゃないのかもしれない。

「ごめん、ありがとう！」

「いいって。また今度飲みに行こうな！」

そう言って去っていくけど……。本当にごめん。オレが友達と飲みに行ける日は二度と来ないかもしれない。

「オレ、けっこう健気《けなげ》に柏木の執着につき合ってやってると思わない？」

「それは健気というのか？」

また笑われてしまって、むうと眉を寄せる。

「あんないい奴と飲みに行けないなんて間違ってる」

今からでも連絡をとって飲みに行く約束をしてしまおうかと携帯を取り出すと、無言で首を横に振られた。

「やめてやれ。あいつも就職が決まったばかりだ」

メッセージを送ろうとしていた手が止まる。

「柏木って……ストーカーより質《たち》悪くね？」

「ラスボスだからな」

そこで大笑いするのは間違ってると思う。けれど、就職が決まったばかりだという友達を飲みに誘うだなんて危険な真似《まね》はできないとおとなしく携帯をポケットにしまった。

「ところで、オレのことを聞いて回ってるって……」

「ああ。聞いてる。今朝から大学構内をウロウロしてるみたいだ」

今朝から?

オレは聞いてないのに、亮に連絡が行っているというのはどういうことだろう?

「あ、ちょうどあそこにいる」

亮が指さす方向を見ると……確かにいた。スーツ姿の、あきらかに学生には見えない男性が女子学生を呼び止めて何か聞いている。

「わりと、普通?」

遠くからだから顔が見えるわけじゃないけれど、すらりとして背が高いように思える。

呼び止められている女子学生からきゃっきゃっとはしゃいだ声が聞こえるのは気のせいじゃない。

「ストーカー……っぽくはないな?」

「ストーカーの方が対処が楽だな。あれ、警視庁組織犯罪対策部の人間らしいぞ」

「ん? 何? 聞き損ねた」

「警視庁組織犯罪対策部」

うわ。亮の口から、二時間ドラマでしか聞かないような言葉が飛び出した。

「……警察?」

「ざっくり言えば、そうだな」

ちょうどそのとき、その男性と話していた女子学生がこちらに気づいて指さしているのが見えた。どうやら秋津比呂があそこにいると告げたみたいだ。

「警視庁なんちゃらがこっちにやってくる！」

思わず亮の背中に隠れるが……警視庁なんちゃらって、いわゆるヤクザを相手にするところだよね？　亮を前に出すのは間違っているかもしれない。

「こんにちは」

間近で声が聞こえて、そっと亮の背中から顔を出すと……スリーピースのスーツを着た男がいた。

顎のラインがすっきりしていて、フレームなしの眼鏡がよく似合っている。細めの吊《つ》り上がった眉に、柔らかい茶色の瞳。なるほど、女子学生がはしゃぐ理由がよくわかる男前だ。

年齢は柏木と同じくらいに見える。身長もそれくらいかな。いや、顔が小さいから実際より高く見えているのかもしれない。柏木の下で働いている安瀬《あぜ》さんに、どことなく雰囲気が似ている気がする。

けれど笑顔に安瀬さんのような胡散臭《うさんくさ》さはない。むしろ、誠実そうないい人に見える。公務員だからか？

「こ……こんにちは？」

警視庁なんちゃらは、オレから隠れてなくていいんだろうか？　こっそり情報収集していたわけじゃないのかな？

「秋津比呂くんだよね。初めまして。田辺《たなべ》といいます」

二時間ドラマのパターンなら、このあと『署までご同行願えますか』と聞いてくるところだと身構えるが、田辺さんはそういうわけではなかったらしい。それもそうだ。オレは何もしていない。

「お父さんにそっくりだね。驚いたよ」

お父さん？　知り合いだろうか、と思うけれどここでうっかり『父を知っているんですか』と聞いたら会話になってしまう。柏木の立場上、オレは警視庁なんちゃらとは親しくしない方がいいはずだ。

「なんか、警戒してる猫みたいだなあ。あ、これ一応、名刺。貰ってくれる？」

一枚の紙を差し出してくるので、亮の背中越しに片手を出して受け取った。

警視庁　田辺正留《まさる》
シンプルな名刺にはそれだけしか書かれていない。

「何かご用ですか？」

名刺を見ていると、重要なことを亮が聞いてくれた。バイト先でいらっしゃいませと言っていたときと同じトーンの声だ。

「用というほどのことでもないんだよ。ちょっと頼まれて様子を見に来ただけでね。朝霞亮くん、だっけ。そんな目で睨《にら》まないでくれ」

「睨んでなんてないですよ」

「まあ、それならいいけど」

にこやかに交わされる会話なのに、どこか寒い。やだなあ、こういうの。胃に悪い気がする。

「今日は他にも行くところがあるから、これで失礼するよ。また、近いうちに会おうね。比呂くん」

さらっと名前で呼んで、警視庁なんちゃらの田辺さんが去っていく。もう来ないでの意味も込めて手を振ると、振り返された。違う。そうじゃない。

「……比呂のお父さんの知り合いか？」

「さあ。父さん、意外に人脈あるからなあ。でも、会ったことはない」

「比呂のお父さんも、シンパみたいなのいるしなあ」

何それ。初めて聞くけど。

「なんでオレの父さんについて亮が詳しいんだよ」

「まあ、色々？」

詳しく聞きたいところだけど、亮がにっこり笑って会話を切り上げる。まあ、いいか。亮ならおかしな理由じゃないはずだ。

警視庁
田辺 正留

「比呂、時間がヤバい」

予鈴が鳴って、授業時間が近いことを知る。警視庁なんちゃらのおかげで、余計な時間を食ってしまったらしい。オレと亮は慌てて走り始めた。


大学の授業が終わって、オレは父さんたちの泊まるホテルに向かった。

さっき会った警視庁なんちゃらの存在について聞いてみなくちゃいけない。ついでに制覇し損ねているマカロンも食べなきゃいけない。

まだ十六時を回ったところだから、母さんは仕事中だろう。遊びに帰ってきたわけじゃないから、予定は詰め込んでいるはずだ。

ホテルに着くと、また同じホテルマンに出迎えられた。この人、担当とかなんだろうかと思って名前を覚えることにする。水谷《みずたに》さんというらしい。笑うと右側にエクボができるチャーミングな四十八歳だ。

「え、ほんとに四十八歳なんですか？」

エレベーターの中で思わず聞き返してしまった。年齢よりずっと若く見える。高崎さんと同じくらいかと思っていた。

「はい。恥ずかしながら」

にこにこと笑う姿に好印象しかない。柏木も、胡散臭い人ばかりそばに置いてないで、こういう癒し系も置いてくれればいいのに。

「比呂、こっち！」

ラウンジまで案内してもらうと、父さんはすでに中で待っていた。水谷さんは律儀に席まで誘導してくれる。

「アイスコーヒーでよろしいですか？」

しかもちゃんと昨日のオーダーを覚えてくれていた。

「今日は暑いのでアイスクリームを乗せてフロートにもできますが」

しかも、そんな素敵な提案までしてくれるなんて。

「じゃあ、それで」

「あ、水谷さん。私にはホットコーヒーのおかわり、貰えますか？」

父さんが自然に水谷さんの名前を呼んだ。きっと父さんたちにも色々気を配ってくれているんだろう。

「かしこまりました」

水谷さんはとてもいい人だ。メニューを確認してもコーヒーフロートは載っていない。オレのための特別仕様だ。

「比呂、それで……」

「ちょっと待って。食べ物取ってくる」

父さんの言葉を遮って立ち上がる。話し始めたら長いかもしれない。というか、長いだろう。だったら、今のうちに確保しておかないと。

昨日と同じようにビュッフェスタイルでスイーツが並べてある場所には、ちゃんとマカロンがあった。あの時、味がわからなくなったピンクのマカロンを乗せて、ついでに昨日とは少し違う小さなケーキも乗せてから席に戻る。

ちょうど水谷さんがオーダーしたものを運んできてくれたところのようで、オレの前にはきらきら輝いて見えるようなコーヒーフロートが置いてあった。

「うわ、おいしそう。ありがとう水谷さん」

乗っているバニラのアイスクリームは真っ白じゃなくてうっすらクリーム色だ。これは間違いのないやつだ。

「喜んでいただけて何よりです。少しアイスクリームが溶けてからが、よりおいしく召し上がれますよ」

さっそくスプーンを手にしようとした動きが止まる。確かに水谷さんの言うとおりだ。今の状態ではまだアイスクリームは固い。ここはがまんだ。

「相変わらずだな」

父さんがオレを見て笑うけど、父さんの前に置かれている皿にもすでにスイーツが何種類か乗っている。血は争えない。母さんがすごい量を取るから目立たないけれど、父さんだって普通の量じゃない。

「父さんだって食べるくせに」

「まあ、お前の父親だからな」

どうでもいいことを偉そうに言う父さんに呆れていると、横で水谷さんが笑っていた。ちょっと恥ずかしい。

「おふたりとも仲がよろしいんですね。それに秋津さまのおっしゃっていたとおり、指の先までよく似てらっしゃる」

「そうだろう？　顔が似てるからそれはよく言われるんだけど、比呂とは手の形も似てるんだよ」

ほら、とオレの手の近くに自分の手を並べる父さんは、久しぶりにオレと会ってはしゃいでいるのかもしれない。水谷さんにまで、オレの話をしてるなんて。

父さんとオレの手が似ていると自慢されたところでリアクションに困るだろう。そう思って水谷さんを見ると、めちゃくちゃ笑顔だった。接客のプロは違う。

一礼して去っていく水谷さんを見送ったあと、父さんはすっと表情を引きしめた。

「昨日のことなんだけど……。比呂、本気なのか？」

その問いに、小さく頷く。今日は色々覚悟してきているのでちゃんとマカロンの味がする。本当によかった。ピンクのマカロンは桃だった。

「でも、相手はヤクザだぞ。お前はまだ二十一歳になったばかりだ。騙されてるに決まってる」

「……じゃあ聞くけど、柏木がオレを騙してなんの得がある？」

父さんの中ではヤクザ＝騙されるという図ができ上がってるんだろう。オレもこれが他人から聞いた話だったらそうじゃないかと疑う。

「騙そうとしている相手が、わざわざ両親に会ったりしないよ」

「騙していなくても、すぐに飽きるかもしれない」

その言葉にびっくりして……びっくりする自分にびっくりする。いつの間にかオレは、飽きるかもなんて言葉に驚いてしまうくらい柏木を信じてる。

「比呂の目に柏木浩二はかっこよくて包容力のある大人のように映ってるかもしれないが、ヤクザと一般の世界とをあれだけ上手く利用している人間はいないんだ」

かっこいい、は認めよう。

包容力はどうだろう？　わりと執着心が強くて面倒な男だ。

「私が日本を離れた三年前……彼はまだ二十六歳だった。そのときでさえ、有名だったんだ。今はもう柏木浩二の立場を脅かす者なんていないだろう。それくらいの男だぞ？　比呂の手に負える相手とは思えない」

オレの手に……。うん。まあ、手に負えない部分はあるだろう。けれど、それをどうにかしようなんて思っていない。ただ、一緒に生きていくことを選んだだけだ。

「比呂……あ、ちょっと待ってくれ」

ちょうど父さんの携帯が着信を告げた。

携帯を持ってラウンジを出ていく父さんを見送って、オレはコーヒーフロートに手を伸ばす。コーヒーは少しアイスクリームが溶け始めて、いい感じに甘さがある。ちょっとコーヒーを飲んだのは上のアイスクリームをこぼさずに掬《すく》うためだ。

コーヒーはアイスクリームが溶けて、アイスクリームはコーヒーが絡んでそれぞれがおいしい。水谷さんの言うとおり、少し待っていてよかった。こんなウィンウィンの飲み物を考えた人は天才だと思う。

コーヒーフロートを存分に楽しんだあとは二回目のデザートを取るために席を立った。

ピンクのマカロンが桃だったということは、その横の赤いマカロンが苺なのか確かめる必要がある。たまにカシスとかいう変化球の味が紛れ込んでることもあるし。

マカロンなんてすぐになくなるんだから、最初から一緒に取っておけばよかった。

赤いマカロンと、昨日食べておいしかった茶色いチョコのマカロンと緑のピスタチオのマカロンを取って他に何を食べようかなと物色する。ここはいったん、口なおしに果物にしようかなと眺めていると、すぐ横に人の気配を感じた。

「こんにちは。思ったより、すぐに会うことになったね」

警視庁なんちゃら！　と叫ばなかったオレを褒めてほしい。そこに立っていたのは、今日大学で会ったばかりの田辺正留だった。父さんが後ろでにこにこしている。

そうか。さっきの父さんの携帯の着信はこの人が来るっていう連絡だったんだ。

仕方なく並んで席に向かう。田辺さんはスイーツを取らなくていいらしい。これを目の前にして平静でいられるなんて……。まあ、好みは人それぞれだけど。

席に座るとほぼ同時に水谷さんがコーヒーを運んできた。いつの間にかオーダーは済ませてあったみたいだ。つまり、オレと田辺さんを会わせるのは父さんが計画していたことなんだろう。

「比呂。こちら、田辺正留くん。父さんの知人の息子さんだ。今は警視庁に勤めているそうだ」

「どういう用件で、ここに？」

「うん。私も最近の柏木浩二についてはよく知らないから、比呂と一緒に色々と聞こうと思って」

「……聞きたいことがあれば、柏木を呼ぶけど？」

柏木のことを聞きたいのなら本人に聞くのが一番だ。他人から聞く話なんてロクなものじゃないに決まっている。

「比呂くん。柏木浩二という男は、誰かを愛したりするような男じゃない。そんな感情とは無縁な男だよ。もし、比呂くんに甘い言葉を並べていても飾りに過ぎない」

田辺さんの言葉に父さんがいちいち頷いているのがウザい。

「彼はヤクザの世界でも特に冷酷だと言われている。逆らう相手に容赦はしない。実の兄でさえ、跡目争いを避けて家を出たくらいだ」

実の兄……。その人を思い浮かべて、がっくりと体の力が抜ける。

柏木のお兄さんはケイさんという。銀座《ぎんざ》でママをしている……まあつまり、今はお兄さんではなく、お姉さんになってしまった人だ。

ケイさんは跡目争いを避けて家を出たんじゃない。そうだとしたらあんなに嬉々《きき》として『下は取っちゃった』なんて言うはずない。

「あの、田辺さん」

「ヤクザの配偶者から逃げるために被害者のシェルターみたいなものがある。一度、そういうところへ行って話を聞いてみるのもいい経験になると思うけど……」

「田辺さん！」

被害者シェルター？

オレが被害者だと思ってるんだろうか。

「あの、父さんが何を言ったか知りませんが本当に大丈夫なので」

「比呂くん。柏木浩二は、その……女性関係だけでもかなり派手に噂《うわさ》されていた。最近は確かに聞かなくなったけれど、そういった人間がひとりに絞ることはないと思うんだ。今でも帰ってこない日とかあるんじゃないか？」

帰ってこない日……。ないな。田辺さんはオレの不安を煽《あお》りたいんだろうけど、柏木はどんなに遅くなっても帰ってきてる。オレが寝たあとに帰ってきて、起きる前に出ていくことはあっても、帰ってこない日はない。

「比呂、そんな相手はやめなさい。辛《つら》いだけだろう？」

想像で柏木を悪者にして、勝手に同情しないでほしい。本当なら恋人がそんなふうに言われて怒るところなんだろうけど……まあ、柏木相手じゃ、その気持ちもわかる。残念ながら、柏木の外見では誠実さとは結びつかない。

さて、どう説明しよう。やっぱり柏木を呼んじゃうのが一番早いだろうかと思っていると、父さんが急に表情を引きしめた。

「比呂。男同士がどうとかは、言うつもりないんだ。でも、柏木浩二は危険すぎる。もし、恋愛対象が男性だというなら、父さんにも伝手《つて》があるからいい人を紹介できると思う」

「へ？」

父さんが話し始めた内容があまりに予想外で驚いた。

今、男性を紹介するって言った？

「実は……その、正留くんに来てもらったのは、柏木浩二のことだけじゃないんだ。正留くんも恋愛対象が男性だというから……、どうだろう？」

どうだろうって……？

そっと田辺さんを見ると、にこにこしててちょっと表情が読めない。でも、ひとつだけ言えるのは、田辺さんの視線から熱は感じない。

「……父さん。それは田辺さんに迷惑」

「全然、迷惑じゃないけどね。比呂くんみたいな素敵な子がもし私を選んでくれるなら大歓迎だ」

にこにこしたまま、そう言う田辺さんに眉をひそめる。安瀬さんみたいにわかりやすく、胡散臭い笑みを浮かべてくれればいいのに……田辺さんの微笑みは本当にそう思ってるかのように錯覚しそうになる。

柏木が手に負える存在かどうか言ってたけど……田辺さんだってじゅうぶんに手に負える相手ではない気がする。

「オレにそういう気はないから」

はっきりと断って、席を立つ。しまった。赤いマカロンが食べられなかったと思うけど、これ以上会話を続けていてもお互いのためにならない。

「比呂。待ちなさい」

待たない。これはオレに相談なく、男性を紹介するなんて言い出した父さんが悪い。

「柏木の話がしたいなら、本人を連れてくるからちゃんと言って。あと、マカロン残さず食べといて」

母さんがここにいたら、また逃げたと言われるだろうか……。別に父さんと喧嘩《けんか》したいわけじゃないから仕方ない。母さんに任せておけば、父さんも少し冷静になるだろうから、そのときまた話せばいい。


「ただいまー」

家に帰ると、高崎さんは玄関の先に入ろうとしなかった。これは柏木が帰っているということだ。こんな時間に珍しいと思いながら、リビングに向かう。

柏木も帰ってきたばかりらしく、スーツの上着を脱いだだけの格好だ。

「遅かったな」

「ちょっと父さんのとこに寄ってて」

「ああ。今、警察の上層部とかけ合っている。あの男は身動きがとれなくなるだろう」

柏木が言った言葉に、動きが止まった。まあ、柏木がオレの行動を把握してるのは承知している。大学での田辺さんの動きを、オレは知らないのに亮が知っていたのは柏木の息のかかった誰かが動いたからだろう。

でも、そんなにさらりと言われると柏木のラスボス感が増してしまう。

「かけ合えるもんなんだ……」

「まあ、色々とな」

うん。その色々は知らない方がいい。

「田辺には近づくな」

近づいたつもりはない。向こうから近づいてくるだけだ。

「それと、水谷といったか……」

水谷？

誰だろうと考えて、ホテルマンの水谷さんを思い出す。

「ちょっと待って。水谷さん？　四十八歳の、水谷さん？」

田辺さんに近づくなというのはわかる。父さんが紹介しようと連れてきた部分もあるし。

けれど、仕事で案内してくれた四十八歳のホテルマンにまで嫉妬するのか？

「気をつけておけ」

「意味がわからない！」

大丈夫か、と思って柏木の頬を引っ張ってみるけど、本人は真面目なようだ。

「水谷さんはただのホテルマンだろ？　仕事だろ？」

「……そうだといいがな」

頬を引っ張られても普通にしゃべる柏木が悔しくて、もう片方の頬も引っ張ると黙り込んだ。

しばらくそうしていたけれど、手が疲れて離す。柏木もさすがに頬が痛かったようで手で擦っていた。ざまあみろ。

「あの男、比呂を見ていない」

うん？

確かにおかしな視線は感じなかった。不躾《ぶしつけ》に見てくる人も多い中、水谷さんはオレをそういう目で見ていなかったから印象が悪くなかったんだと思う。

「普通はまず、顔に目が行く。それから体。だが、あの男の視線は比呂に焦点を合わさない。まるでわざと避けているかのようだ」

なんだ。見ても、見なくても嫉妬する話か。面倒な男だ。

「大丈夫だよ、心配しすぎ」

オレの言葉に柏木は溜息だけを返す。

「明日は、お義母《かあ》さんとランチか？」

しれっと母さんをお義母さんと呼んでいる。きっとまた父さんに会っても秋津さんとは呼ばずにお義父さんと呼びかけるんだろうなあ。

「うん。さっき約束した」

ホテルから帰る車の中でとりつけた約束をもう柏木が知っている。警察の上層部とかけ合うよりはちょっとマシか……？

「できるだけ高崎を近くに置いておけ」

「大丈夫だよ。母さんにも、父さんを止めるように頼むだけだし」

「気をつけるに越したことはない」

「心配しすぎだよ」

ちょっとは機嫌をとっておこうかと、背伸びして頬に口づけると腰に手が回った。

「あ……」

顎に手がかかり、唇が深く重なる。入り込んできた舌に、自分のものでそっと触れると一気に搦《から》め捕られて奥へ侵入される。

「んんっ……あっ」

腰に回っていた手が、徐々に下へ降りてくるから慌てて摑んだ。

「夜ご飯、食べてない！」

「……」

柏木が不満そうに見下ろしてくるが、食べ物に関しては譲れない。

「今日は時間も早いし、柏木の手料理が食べたいな」

きゅっと抱き着くと、柏木が大きく息をついた。なんとか雰囲気を断ち切れたみたいだ。

「何を食べたい？」

「なんでも」

ネクタイをとってキッチンへ向かう柏木のあとをついていく。

「パスタでいいか？」

「いいけど？」

「じゃあ、早く作って早く食べるぞ」

そのあとにもうひとつ早くしたいことがあるような気がして、少し顔が赤くなる。

「何を想像した？」

「うるさいなー。早く作ってよ。ほら。オレ、何を手伝えばいい？」

顔を隠すために、柏木の背中に回って押して歩く。柏木の顔がにやついてるのは見ないふりをした。

「玉ねぎ？　オレ、切る」

柏木が戸棚や冷蔵庫を開けながら材料を揃えるのを眺めていると、目の前に置かれた野菜を前にやっぱり何かしたくなる。

「切るのか？」

少し眉を寄せる柏木は……オレをなんだと思っているんだろう。玉ねぎを切るくらいできる。カレーの工程でも玉ねぎは切る。

「適当に切ればいい？」

「……薄切りで頼む」

カレーは適当に切る。まあ、だいたいの料理は適当に切って大丈夫なはずなのに、柏木からは指定がきた。薄切りってことは薄く切るんだな。

「任せろ」

少し腕まくりして、まな板をセットする。まずは上下を切り落とす。玉ねぎは丸いから、転がらないように左手で押さえて、包丁を振り上げ……たところで、その手を柏木に掴まれた。

「比呂」

「なんだよ、放せよ」

「何故包丁を振り上げる？」

え？　だって玉ねぎ、固いし。

そう思っていると、柏木が後ろからオレを抱え込むようにして玉ねぎに手を伸ばした。

「まずは縦に切れ」

「縦？　だって、上下が先だろ」

「いいから」

包丁を持つ手を押さえる柏木の誘導で、玉ねぎにすうっと包丁が入っていく。半分になったところで、柏木に玉ねぎを渡された。

「縦に先に切ると、皮が剝《む》きやすい。それに、ふたりぶんなら使うのは半分だ。残りはこのままラップして冷蔵庫に入れておけばいい」

おお、そういうことか！　と、感心して皮を剝いていく。なるほど、剝きやすい。その間に残った半分を柏木が冷蔵庫にしまってくれた。

さっと洗った玉ねぎをまな板にセットすると上下も切りやすかった。先に縦を考えた人はすごいと思う。

「次は薄切り……薄切りってどれくらい？」

柏木が包丁を取り上げたそうな顔をしている。だがオレは譲らない。

再び後ろから柏木が抱えて、包丁を誘導された。玉ねぎを押さえていた左手にすら補助がつく。心配しすぎだと思う。

「これくらいだ」

とんとん、とリズムよく包丁がおりていって、数枚の玉ねぎの薄切りができ上がる。

「おー。じゃあ、あとは任せろ！」

自信たっぷりに言うと、後ろから溜息が聞こえる。だって、他にもお湯を用意したりお皿を準備したりやることはあるはずだ。玉ねぎはオレが立派に切ってみせる。

「……怪我《けが》するなよ？」

頭を撫《な》でて、柏木が離れた。心配してはいるけれど任せてくれるらしい。その期待に応えねばと気合が入る。

とん、と一回。まあまあ、上手く切れた。でもこれで満足するようなオレじゃない。もっと薄く切ってやる、と玉ねぎに包丁を当てる。

とん。

二回目はさっきより薄くなった。柏木が切ったのと同じくらいだ。なかなか料理の才能があるかもしれない。

そこまで見ていた柏木も他の準備に取りかかる。

とん、とん。

続けて切ってみた。これも上手くいった。調子に乗って、スピードを上げてみる。

……それがよくなかった。

「痛っ」

「比呂？」

途切れた包丁の音に、柏木が駆け寄ってくる。

「大丈夫、ちょっと滑った。怪我は……」

ない、と言おうとしたけれど人指し指に赤い線ができていた。そう思ったら、ぷっくりと血が溢《あふ》れてきて……。

「怪我をするなと言っただろう！」

柏木が慌てて水道でオレの傷口を洗う。ばたばたとリビングに走っていくのは、多分救急箱を取りに行くためだ。

その姿を見ながら、何故だかオレは笑ってしまう。

あの柏木浩二が、こんな小さな傷で焦って救急箱を取りに行くなんて。

「比呂……」

オレが笑っているから、救急箱を取って戻ってきた柏木は呆れた顔だ。

「手当てするからこっちにこい」

リビングのソファに座って、大げさなくらい消毒液をかけられる。ちょっと染みたけど、傷も浅いので本当にちょっとだ。

「え、絆創膏《ばんそうこう》でいいよ」

柏木がガーゼを取り出したからそう言うと、オレの意見を無視した柏木はそのガーゼを傷口に押し当てた。

「上から押さえてろ。パスタができ上がるまで、そのままだ」

「えー……」

「それくらいの間、押さえていたら血も止まる。いいから、そうしてろ」

そう言い残して台所へ行く。後ろをついていくと嫌な顔をされたけど、止められはしなかった。ちゃんと傷口を押さえてるからだ。

「柏木はどこで料理習った？」

手際よく調理を進める柏木は、最近料理を始めましたという感じではない。

「中学、高校とひとり暮らしだったからな。自然に」

「え？　中学からひとり暮らし？」

ちょうど鍋が沸騰して、柏木がパスタを入れるとパッと放射状に広がった。なんでだ？どうやったらあんなふうに広がるんだろう？

「ああ、俺も反抗期だったからな。大人が本音隠して傅《かしず》くのが面倒で、株で動かした資金でマンション借りて……」

うん。色々突っ込みどころのある中学生だ。

「とにかく、ひとりの時間が欲しかった時期だったから料理なんかも自分でやった。大学に入るころになると事業の方が忙しくなって、人を入れることにしたが……」

大学生でも突っ込みどころはあった。まあ、柏木だから仕方ないか。

温めたフライパンから、オリーブオイルとみじん切りにしたにんにくのいい香りがする。柏木、いつの間ににんにく切ってたっけ？

そこに玉ねぎとベーコンが投入されて……もうそれだけで食べておいしい気がする。

ここでそう思って食べちゃうから、オレの料理は上達しなかったんだけれど。

「比呂。もうすぐパスタが茹《ゆ》で上がる。お湯を切るから向こうへ行ってろ」

それは、あれかな。お湯が跳ねると危ないと言いたいんだろうか。過保護すぎじゃないか？

「すぐに持っていってやる」

そんなことは心配していないけれど、柏木の忠告を無視して怪我をしてしまったオレはおとなしく従った。ソファじゃなくてダイニングテーブルに座るのは、そっちの方が柏木に近いからだ。料理を待ちわびているわけじゃない。

いや、でも待ちわびている……かな。

柏木と過ごす時間はどれも楽しくて。柏木がオレのために用意してくれたご飯を食べる時間も特別で。

「待たせた」

そう言って、ふたりぶんのパスタを運んでくる柏木を、オレは笑顔で迎えた。


母さんとのランチはオフィスビルの二階に入っている小さなレストランだった。イタリアンの店で、前に柏木と来たこともある。多分お高い店のはずだけど、ランチだったらお得なのかもしれない。

「いいお店でランチが安いって最高よね」

母さんがそう言ってるから、ランチはやっぱりお得なんだろう。

ランチの日替わりパスタセットはサラダとドリンクがついてる。パスタはなんだろうとメニューを見てみると『あんこうときのこのトマトソースパスタ』と書いてあった。あんこうって、鍋以外であまり聞かない。気になってそれに決める。母さんも同じものを頼んだ。昨夜と同じとかは気にしない。おいしければ毎日同じでも問題ない。

「比呂、指……どうしたの？」

「あ、昨日ちょっと切った。そんなに深くもない」

人差し指にある絆創膏は昨日、玉ねぎを切るのに失敗したものだ。そんなに深い傷でもないし、絆創膏を貼っていたことすら忘れるところだった。

「そう。ならいいけど。気をつけなさいよ」

本当にそうしようと思う。ちょっとした傷なのに、柏木はもうキッチンには入れてくれなさそうなオーラを出していた。

「昨日はごめんなさいね。また、マカロン制覇できなかったんでしょう？」

水を飲もうとし、思わずむせる。謝るべきはそこじゃない。いや、それも大事だけれど。

「田辺正留さんなんて……父さんもすすめる相手をもう少し選べばいいのに」

「母さんも田辺さん、知ってるんだ?」

「昨日、父さんに紹介されたわ。あんな何を考えてるかわからないような人、比呂に合うわけないじゃない。ほんと、父さんって肩書に弱いのよね」

肩書で言えば警視庁の刑事とヤクザ。比べるまでもなく、柏木の負けだ。まあ、柏木がヤクザである以上、フリーターだって柏木よりは上だろう。

「五十歳にもなって、公務員なら全員真面目だろうと思ってるあたり純粋というかなんというか……。でも、父さんも不安なのよ。そのへんはわかってくれる?」

「それは……うん。ごめん。いきなり、柏木だし……驚くのも仕方ないと思ってる」

言葉が少し小さくなる。親不孝をしている罪悪感はあるんだ。つき合っている相手が柏木だということ。それから、この先……孫の顔を見せてやることはできないだろうこと。

「別に柏木との関係性を急いでるわけじゃない。何年かかっても、ちゃんと納得してもらえるようにするから」

「私は、比呂の選んだことなら反対はしないわ。もう二十歳超えたし、好きにやればいいと思ってる。それで傷ついても、失敗しても、比呂にとってはいい経験になるでしょう」

反対しない、という母さんも傷ついたり、失敗することが前提になっている。まあ、そう見えるのも仕方ない。今までのオレはわりと適当だったし、柏木はああいう人間なので。

「ありがとう。反対しないってだけで、じゅうぶんだよ」

「それとね、もうひとつ聞きたかったんだけど……比呂、就職ってまだ決まってないわよね？」

「あ、それ。それを言おうと思ってたんだけど、柏木を紹介することになっちゃったから忘れるところだった！」

「忘れるって……貴方ね……」

母さんが呆れたところにちょうどサラダとパスタが運ばれてきた。

「りんごのドレッシングのサラダと、あんこうときのこのトマトソースパスタです」

「りんご？」

ドレッシングがりんごって言った。柑橘系《かんきつけい》はよく聞くけど、りんごってあまり聞かないかもしれない。

あんこうときのこのトマトソースパスタの方は……うん。見た目はわりと普通のトマトパスタだ。魚のフリッターが入ってるけど、これがあんこうだろう。

「いただきます！」

ひとまず、あんこうが気になりすぎて最初に食べてみる。トマトよりも先ににんにくの香りが来て、食欲をそそる。フリッターの衣にソースが絡まっていい感じだ。かじると、中からほろりと魚の身がこぼれ出てきた。

うまっ。あんこう、美味い。思わず、頰が緩んでしまう。

「相変わらず、幸せそうに食べるわねえ」

「おいしいものは幸せだろ」

あんこう、もうひとつ食べちゃおうかな。大きいフリッターがみっつもあるから……いや、待て。これはパスタなんだからパスタもちゃんと食べないと。

そう思ってフォークに麺を巻きつけていく。

「ねえ、さっき言いかけた忘れてたことって……」

「ちょっと待って」

母さんの言葉を遮って麺を口に入れる。

トマトもにんにくもしっかりあるのに、舌に残るのは魚介の旨味だ。全部がちゃんと主張してるけど、味がバラついていない。パスタって、原価考えたら値段が高いって言う人もいるけれど、このソース作るのには手間がかかるよなあ。

「りんごのドレッシング、おいしいわね」

あ。パスタに夢中で忘れるところだった。サラダも食べなければ。

「……貴方、もういっそ料理人でも目指したら？」

「無理。食べるの、専門だから！」

自分で作ったものっていまいち、おいしく感じない。それにオレに料理を作る才能はないらしい。玉ねぎひとつで苦戦するくらいだ。

母さんも食べ始めるとあんまりしゃべらなくなった。料理に集中している。食べることが好きな人が料理人になるっていうんなら、母さんだって料理人になっているはずなんだ。

パスタセット、おいしかったな。また今度来ようと決めて、ごちそうさまと手を合わせる。

「ねえ、比呂。気になってたんだけど、貴方のその首にかかってるネックレス……指輪よね？」

突然聞かれて、食べ終えたばかりのパスタを噴き出してしまうところだった。慌てて水を飲んで気持ちを落ち着ける。

「ユビワデスネー」

別に誤魔化すことでもないんだけど……。ペアリングをネックレスにして持ってるって意味深すぎる。

「見せなさい」

すっと手を差し出されて、小さく首を横に振った。

「いいから」

断っているのに、いいからってなんだろう？

迫力に押されて、そっとネックレスを外してチェーンごと母さんに渡す。

「……ペアリングね」

「ペアリングだね」

「しかも、けっこうなブランドの特注品じゃない？」

「え、マジで？」

マジで、とは言ったものの、柏木が持ってきた指輪だ。そりゃあお値段はするものだろう。

「それも知らないってことは、比呂が用意したものじゃないってことよね？」

なんだよ。その探偵みたいな引っかけは。

「……柏木に渡されたけど、オレはまだこれをつける覚悟がないからって、預かってる。ちゃんとそういうときが来たら、ふたりで……とは思っている」

「柏木さんが暴走して、結婚なんて言葉を出したわけでもないのね」

「……まあ……、うん」

改めて認めると、耳まで赤くなった気がする。

親に好きな人を紹介することがこんなに照れくさいとは思わなかった。返されたネックレスをそっとポケットにしまう。今は手が震えてつけられる気がしない。

「ちょっと、トイレ行ってくる」

よく逃げるわねえ、と呆れた声が聞こえた気がしたけれど、赤くなった顔をにやにやしながら眺められるよりはマシだ。

「もう大丈夫かな……」

鏡の前で大きく深呼吸して、自分の表情を確かめる。変に緩んだりはしてない……はず。念のため、一回ぎゅっとつねってみた。普通の表情……だよな。多分。

店の外にあるトイレはフロア共通のもので、広くて使いやすい。ランチの時間帯でも混んでなくてゆっくりできた。

ポケットの中の指輪に触れると、しゃらりと金属の音がする。

それだけで落ち着いてくる気がするから不思議だ。

店に戻ろう、と振り返ったところでちょうど入ってきた人とぶつかってしまう。

「すみません……」

不注意だったなあ、と咄嗟《とっさ》に謝ろうとしたときパッと手首を握られた。

「え？」

相手は、黒いパーカーのフードを深く被っていてマスクをしている。顔はよくわからないけれど、掴んだ手を持ち上げてじっと見つめる姿がなんとなく気持ち悪い。

「離してください！」

無理矢理引っ張るけど、相手の力が強い。掴んでいる手は……それほど若い人のものではないような気がするのに。

「離して！」

もう一度強く引っ張るけれど、離れない。助けを呼ぶべきだろうかとポケットの中の携帯に触れようとしたとき男が手を伸ばした。

「……っ！」

男が触れたのは、人差し指。

正確には、そこにあった絆創膏だ。

絆創膏を剝いでいく手に、体が固まった。

なんで絆創膏を剝がしてる？　それ、ここでオレを捕まえてまでやること？

驚いて声が出ない。携帯で助けを呼ぶことも頭から吹っ飛んでしまう。

「……傷は小さい」

呟く声にぞっとした。

手が離れないことに焦って、体ごとぶつかる。どん、と男が床に倒れて……その隙に走り出す。

途中で振り返ってみたけれど、追ってくる気配はない。

「……比呂さん？」

店とトイレの間くらいで待機していた高崎さんの部下の人が声をかけてきた。

「何かありましたか？　今、高崎は電話がかかってきて席を外してるんですが……」

「なんでもない！　ちょっと転びそうになっただけ！」

我ながら適当な言い訳だなあと思うけれど、動揺していて上手く説明できる気がしない。それにレストランも多いこの場所で変な奴がいたと大騒ぎするのも気が引ける。母さんに騒ぎがあったと知られるのも心配をかけるし。

さっきの男はあれ以上追ってくることはできない。ここに護衛の人も立ってるんだから。もし追ってきたら捕まえてもらえる。そのまま逃げるならたいしたことじゃなかったということだ。

まだドキドキする胸を押さえて、店の中に戻る。

「おかえり。ドリンク、持ってきていいか聞かれたから頼んでおいたわ」

ああ、そうか。パスタセットにはドリンクもついていた。母さんの声を聞いて、ようやく落ち着いてくる。

さっきの男だって、別に変なことじゃなかったのかも。ぶつかった腹いせにちょっと脅かしてやろうと思っただけかもしれないし……。うん。きっとそうだ。

オレを傷つけようとしたとかじゃない。

おかしな奴だった、というだけだ。それならこれから気をつけてさえいれば大丈夫。

なんでもない、と自分に言い聞かせようとしていると、お店の人がドリンクを運んできてくれた。それだけじゃなく、少し大きめのプレートに盛られたデザートも。

「あれ？　パスタセットって、デザートついてたっけ？」

思わず声に出して聞いてしまうと、店の人がにっこり笑ってオレと母さんの前にデザートプレートを置いてくれる。

真っ白な長方形の皿に、小さくカットされたケーキが二種類。それを囲むように配置されたチョコソース。それからピンクと白のアイスクリームはチョコと苺で彩られている。

「店からのサービスです。ごゆっくりどうぞ」

サービス？

サービスにしては豪華……ああ、そうか。柏木と来たことがあったのを、覚えられていたんだ。店にしてみれば、柏木浩二はいいお客さんだもんなあ。

「……比呂、これはどういうサービス？」

オレがひとり納得してるのに気づいた母さんが聞いてくる。

「柏木と来たことあったから、それでじゃないかな」

「ああ、柏木さんと。……比呂、あんた本当に餌づけされてるのね」

呆れたような母さんの言葉にちょっと視線をウロウロさせる。餌づけ……。されてるなあ。否定できない。

いただきます、と食べ始めたところで母さんが大きな溜息をついた。

「比呂。それで、就職活動はどうなってるの？」

「あ。それ！」

食べながら話すことでもないか、とフォークを置いて姿勢を正す。

「ごめんなさい。オレ、大学卒業したあと……美容師の専門学校に行きたいと思ってる」

「は？」

母さんが何度も目をぱちぱちさせた。こんなに驚いている母さんは珍しい。

「柏木から指輪を送られたこともあって、将来について真剣に考えてみた。オレ、大学出たら就職して……っていうのが普通だから、それでいいやって思ってたんだけど……。でも改めてしたいことはなんだろうって考えてみた」

「それで、美容師？」

「そう。金銭的に迷惑かけるし、大学まで行かせてもらって今更専門学校って言うとすごく申し訳ないんだけど……。でも、やってみたくて」

じっと見つめると、母さんはふっと息を吐き出して微笑んだ。

「……私たち、日本にいないから比呂のサポートできないわよ？　手続きとか全部自分ですることになると思うけど」

「それくらいはやるよ。……反対しないんだ？」

「しないわよ。やりたいことがあるっていうのに、止める理由なんてないじゃない。それに、貴方、半年前から手をつけてない生活費があるでしょ？　大学出るまではちゃんと同じ金額を送るし。それで美容学校行けばいいんじゃない？」

あっさり認められたことに肩の力が抜ける。母さんさえ攻略してしまえば、父さんは簡単に母さんに説得されるから大丈夫だ。

「でも、ちゃんと父さんにも許可取るのよ？」

「取ります。それはちゃんと話す」

母さんがデザートを食べ始めて、オレもフォークを手にする。ちょっと時間が経《た》っちゃったからアイスから片づけよう。

「今、生活は柏木さんが全部見てくれてるのよね？」

「うん。柏木のマンションで暮らしてる。ご飯、作ってくれる人もいる」

「金銭面は？　比呂、バイトはどうなってるの？」

「バイトは辞めた」

クビになりましたとは言えずに、曖昧に笑う。その笑いで何かを察したのか母さんが少しだけ目を細めた。

「貯金なんてなかったわよね？」

「……」

「大学出て、専門行って……その間の生活費は柏木さんなの？」

目が怖い。でも、言わせてもらえるなら……。

「柏木の仕事の関係上、普通のバイトができない。したくないわけじゃないけど、今でもオレ専用の護衛の人とかいて……」

額に手を当てる母さんを見て軽く同情する。わかる、うん。わかるよ。自分の息子が護衛なしじゃ歩けない状況って認めたくないよな？

「甘いかな？」

「甘いと言えば甘いけど、まあ柏木さんもそれくらいでどうこう言うようなタイプじゃないでしょう。それより、まだ稼げもしない子がヤクザの男使って生活していくのかと思うと眩暈《めまい》が……」

「言い方！　それ、言い方が悪い！」

思わず、大きな声になってしまって慌てて口を閉じた。きょろきょろと周囲を見渡して、こちらを気にしてる人がいないのにほっと胸を撫でおろす。

母さんをちらりと見ると、必死で笑いを堪えていた。

「母さん……」

「ごめんなさいね。でも私、ちょっと嬉しいの。比呂がちゃんと将来とか考えるようになったと思うとね。見てない間に大人になったわ」

そう言われると、気恥ずかしくて……。オレは無言でデザートに集中することにした。

店が入っていたビルの前で職場に戻っていく母さんを見送ると、高崎さんが近づいてきた。

「すぐに車が来ます。それより、比呂さん……」

「あー……、うん」

きっと聞きたいのは高崎さんが電話に行っていた間のことだ。けれど、先にぶつかったのはオレの方だったし……。オレを傷つけようとした動きでもなかった。気持ち悪かったけど。

「比呂さん。何もなかったかどうかはこちらで判断しますので」

言ってください、と圧力をかけられて落ち着かない。

何があったのかくらいは言っておいた方がいいかもしれない。けれど大げさな騒ぎになると申し訳ない。

どうしようかと考えながら無意識に首元のネックレスに手を伸ばしかけて……ああ、違う。母さんに見せるために外してポケットに入れたままだったと思い出す。

「え?」

そうして、ポケットに伸ばした手に……なんの感触もなくて、思わず声が出た。

「比呂さん?」

「え、嘘！」

首元も確認するが、当然そこには何もない。だってポケットに入れた。慌てて反対のポケットも見てみるが何も入ってない。ズボンのポケットも見て、もう一度胸元も確認して……オレは真っ青になった。

指輪が、ない。

「比呂さん⁉」

高崎さんに説明している間も惜しくて、店に向かって走り出す。

席の近くに落ちてないだろうか。外したのはそこだし……。

「あっ、あのっ、指輪……。指輪がついたネックレス、落ちてませんでしたか？」

店に駆け込むと、すぐに店員を捕まえて聞いた。その声に高崎さんも真っ青になる。そうだろう？　非常事態だ。

店員は他の店員にも確認に行ってくれて、その間にオレは自分が座っていた席の周囲を探す。

母さんから返してもらって、ポケットにしまった。それは間違いない。

焦る頭で考えているところに店員が、そういった落とし物はなかったという絶望的な言葉を告げに来る。

「ヤバ……！」

柏木がくれた、指輪。

ふたりの大切な指輪。

最後に確認したのはどこだった？

「トイレ……！」

トイレで手を洗ったあとに、触れた。それが最後の記憶だ。それを思い出して、オレはまた走る。

「比呂さん、ありましたか？」

洗面台の前まで来て、床を見てみるけどそれらしいものは見当たらない。

「ど……っ、どうしよう」

「ここで落としたんですか？」

「最後に触ったのがここだった。その時はポケットの中だった」

もう一度ポケットの中に手を入れてみるが、やはりそこには何もない。

「ビルの管理の方に届いているかもしれません。すぐに確認しますので」

高崎さんがその場で電話を入れてくれる。その間にもどこか隙間に落ちてないかとか、トイレと店の間に落ちてないかを見て回る。

「比呂さん……」

電話をかけていた高崎さんが、言いにくそうにこちらを見て……首を横に振った。

指輪を失くしてしまった……？

認めたくないその事実に泣きそうになる。泣いてどうにかなるものなら泣いていただろう。けれどこれはオレが全面的に悪くて……。

「大丈夫です。すぐに見つかりますよ。今、ビルの管理会社に防犯カメラを確認させもらっています」

防犯カメラ……。ふと顔を上げると、天井にいくつかそれらしいものが見える。普通なら見せてもらえない映像だろうけれど、ここは柏木の権力に感謝だ。

「トイレを出たときはあったんですよね。でしたら、トイレに流したりはしてないということです。すぐに見つかります」

トイレに流す……。高崎さんはなんて恐ろしいことを想像できるんだ？　いや、高崎さんの言うとおりだ。ポケットに入れたままだったんだから、その可能性だってなかったとは言い切れない。

「比呂さんのあとに誰か入ってきたりはしませんでしたか？　トイレの中にまでは監視カメラがないのでわかりませんが、拾ってくれてるかもしれません」

「誰か……」

それを思い浮かべて、足元からさあっと冷えていく気がした。

誰かは、いた。

フード被って、マスクをしたむちゃくちゃ怪しい男。

おまけにオレはその男にぶつかって、手を握られた。

もしかしたら、その時に落とした？

そうだとしたら、あの男はぶつかったオレにいい感情なんて抱いてない。指輪を見つけた男は、落とし物として届けてくれたりはしないだろう。

「どうしよう……、高崎さん……」

最悪、腹いせにトイレに……？　いや、違う。違うはずだ。もしかしたらゴミ箱にくらいは入れるかもしれないけど。

そう思い当たったオレはトイレに戻ってゴミ箱を探す。それに触れようとしたところを高崎さんに止められてしまった。

「比呂さん、そこはこちらで探します」

「だって！」

ここにあるかもしれないのに。そう思ったらいてもたってもいられない。高崎さんを振り払おうとしたとき、高崎さんの携帯が鳴った。

「ビルの管理でカメラチェックしている者からです。何か手がかりがあったのかもしれません」

その言葉にふっと力を抜く。高崎さんはオレとゴミ箱の間に体を入れて、話し始めた。

「……わかった。ああ、確かだな？」

何かを確認する言葉。

高崎さんが言ったように、手がかりがあったのかもしれない。けれど、防犯カメラに映ってる手がかりなんてきっとあまりいい知らせじゃない。

「比呂さん」

電話を切った高崎さんが、じっとこちらを見る。

「比呂さんのあとにトイレから出てきた黒いパーカーにマスクの男が、何か光るものを手にしていたようです」

光る、もの。

「それって……」

「画像を拡大してみたところ、ネックレスのように見えると」

ネックレスを持っていった……。顔もわからない、黒いパーカーにマスクの男が。

ここから出たら地下鉄の駅が近い。駅に行けばまだウロウロしているかもしれない。それでなくても、あんな怪しい格好をしてたんだ。見かけた人がいるかも。

すぐに走り出そうとしたオレを高崎さんが慌てて止める。

「今、カメラで行方を追っています。大丈夫です、見つけてみせますから！」

「でもっ……」

「大丈夫です。このビルを出てからの足取りも追えます。駅構内のカメラならなんとかなりますので」

「……え？」

ビルの監視カメラを見せてもらえるのはわかる。まあ、それだって特別なことだろうけど、そういうふうに融通の利くビルだから柏木も食事に来たりしているんだろう。けれど、駅構内のカメラがなんとかなる？

「なんとかなります」

自信満々に高崎さんが言い切って……逆に力が抜けてしまう。オレがひとり走るよりも、柏木の権力を頼った方が確実みたいだ。


部屋に戻ると、一気に疲れが襲ってきた。

首元に手を伸ばして……そこに何もないことが不安になる。

そうやって指輪に触れるのが当たり前になっていた。金属の触れ合う小さな音が恋しくて……。冷蔵庫を開けようとしたオレを高崎さんが止める。

「……社長がいないときの飲酒は、どうか控えてください」

どうしてオレがビールを求めていることがわかったんだろう。

「だって、柏木、ビールなんて飲まないじゃん？　そしたら、冷蔵庫にあるビールはオレのためのものじゃん？」

「比呂さん……。お願いです。今の比呂さんが酔うとどうなるのか想像もつきません」

「……」

ちょっとだけ考えてみる。

多分、泣く。それは間違いない。絡むこともするだろう。でも、誰かを誘うといっても、ここには高崎さんと護衛の人しかいないわけだし。

「大丈夫だって。なんかしようとしたら、高崎さんが止めてくれれば……」

「比呂さん……。比呂さんがそういうそぶりを見せただけで、命がなくなります」

「大げさだなあ」

高崎さんは大きく首を横に振って、冷蔵庫の前に立ちふさがったままだ。わりとマッチョな高崎さんはオレの力では動かせない。

諦めてリビングのソファに戻る。別に本気で飲みたかったわけじゃない。ただ、失くしてしまった指輪のことを思い出すのが嫌で……。

テレビをつけてみるけれど、全然内容が頭に入ってこない。

高崎さんの携帯が鳴るたびに、もしかして指輪が見つかったんじゃないだろうかと期待して……それから、がっかりして。

「比呂」

急に柏木の声がして驚いた。

ぼーっとしているうちに、柏木が帰って……？

「え、もうそんな時間？」

慌てて携帯を見ると、まだ十七時だ。柏木が帰ってくるには早い。

「なんで？」

「落ち込んでると聞いてな」

そう言う柏木は、ソファの前のテーブルにいくつかの紙袋や箱を並べていく。

あの黒い箱は、洋ナシのタルトがおいしかった店のやつ。ピンクの紙袋は、並ばないと買えないシュークリーム。それからオレが好きだと言ったことのあるものがたくさん。

「柏木……ごめん。せっかく柏木がくれた指輪なのに……」

柏木はオレに怒っていい。怒るべきだ。なんであんなに大切なものを失くすんだと怒鳴りつけてもいいのに……。

「比呂」

隣に座った柏木が、オレを抱え上げて膝に乗せる。

「大丈夫だ。すぐに見つかる」

そうだといい。

でも、あんなに小さいものだ。指輪を持っていった男だって、カメラに映っていたものの顔もわからない。

だめだ。ちょっと泣きそう……。

そう思った瞬間、柏木がオレの目元を舐めた。

「……っ!」

舐めた? なんで?

「泣くな。お前に泣かれるとどうしていいかわからない」

ゆっくりと唇が重なる。柏木のキスは、いつも奪うみたいに激しいのに……、こんなふうに様子を窺うようなキスもするなんて。

「だ……って」

泣きそうになるのは、半分は柏木のせいだ。

オレはふたりの指輪を失くしてしまったのに、こんなに優しくするから。

「比呂……」

困ったように笑う柏木が、またオレの目元にキスをする。頭を撫でて、背中を擦って……。

「……っ」

やっぱり、柏木のせいだ。

「大切な指輪なのに」

「ああ」

「柏木が、くれたのに」

「そうだな、でも……いい。比呂がそんなふうに思ってくれていただけでじゅうぶんだ」

そっと合わさる唇を少しだけ開くと、ぬるりとした感触があって。

「……ん……っ」

入り込んできた舌が、オレの舌に絡んで……でもすぐに出ていってしまう。

しっかりと視線を合わせるのは、オレが泣いていないか確認してるからだろうか。

「比呂」

「……っ」

なんだか照れくさくなって顔を背けようとすると、それより早く再び唇が重なった。今度は……離れていったりしない。そうっと舌を絡めると、強い力で応えてくれる。

ああ、オレはすぐに終わったキスが寂しかったんだと思った。

落ち込んでいるからだろうか。

柏木が優しい言葉をくれるからだろうか。

どちらにしても、柏木の温《ぬく》もりを感じていたくて柏木の首に手を回す。

静かに始まったキスは……それを合図に深いものに変わる。くちゅりと音が響いて……、合間に熱い息が漏れて……。

離れたくないなと思った。

「比呂」

ゆっくり柏木がオレをソファに押し倒していく。いつもなら、こんな場所でと思うけれど、今日は離れたくない気持ちの方が強くて。柏木の首に回した手を離さないでいると、柏木が少し笑ったような気がした。

するり、とTシャツの下から柏木の手が入り込んでくる。肌を辿《たど》りながら、胸元まで捲り上げると、柏木の頭が少し下へ降りた。

「……っ」

舌が……右の突起を押し潰して、声が出そうになる。

もう片方を撫でるように触られて指が、突起に引っかかって……。そっと視線を下ろすと、上目遣いにこちらを見ている柏木と目が合った。

柏木は、ふっと笑って見せつけるように突起にかぶりつく。

「ふ……ぁっ……」

舌と手で、両方を同時に弄《いじ》られて……その間に、柏木がオレのズボンのベルトに手をかけて……。するりと入り込んでくる手がそこに触れる。

「あぁっ」

長い指が立ち上がりかけていたオレのものに絡んだ。いつもなら、追い上げるように動き出す柏木の手はただゆっくりと温もりを伝えてくるだけで……もどかしい動きにオレは熱い息を吐き出した。

するりとズボンが脱がされて……足がゆっくりと開かされる。そこに柏木の頭が移動していくのを目で追って……。

「……っ」

小さく、先端にキスを落とされて体が跳ねた。

こちらへ視線を送った柏木が、ゆっくりオレのものを口に含んでいく。

「……あぁっ！」

思わず、柏木の頭に手を伸ばす。けれど口に含まれたものに意識がいって……力は入らない。上顎で……舌で……くちゅくちゅと音が響くたびに、ぞくぞくと背中に快感が走る。

いつもならもっと追い上げるのに……今日の柏木はゆっくりで。

「やっ……あ……っ」

自分の声と、厭《いや》らしい音だけが響いて……けれどやめてほしくなくて。

「い……っ、いき、たい。お願い」

やっとそれを口にすると、柏木が舌を全体に絡めて吸い上げる……。そのまま上下に動かされて、オレはあっけなく柏木の口に精を放った。

荒くなった息を整えようとしていると、柏木がオレを横抱きにして持ち上げる。

「え？」

「風呂に入れてやる」

そのまま風呂場へ移動すると、溜めてあった湯舟にオレを降ろして柏木は服を脱ぎに行った。

戻ってくると、シャワーを出して風呂場を暖めていく。

「比呂」

こちらへ向けて両手を差し出すから、思わず手を伸ばした。

抱き着くような格好で抱え上げられて……そのまま風呂の椅子に座った柏木の膝に乗る。

柏木はオレの両側から手を伸ばしてボディソープをたくさん手に取ると、背中にぺたりと当てた。

「冷たっ」

「大丈夫だ」

柏木の言うとおり、ボディソープの冷たさを感じたのは一瞬で……柏木が手でそれを広げていくと、体の奥が熱くなってくる。

柏木の大きめな手がボディソープを泡立てるために何度も背中を行き来して……。

「……っは……」

息が上がる。

そう思ったとき、今度は胸に冷たさを感じた。新しく足されたボディソープを柏木は胸に広げていく。

指が突起を掠《かす》めて、ぎゅっと目を閉じる。泡立たなかった、どろりとした液体のままのボディソープが足の間に垂れて……それを追うように柏木の手が、下に降りていく。

「……っ」

立ち上がりかけたそれを柏木が手のひらで擦った。さらに下に降りた指が、入り口に触れる。

「あ……」

何度かそこを行き来したあと、入ってくると思っていた指はまたするりと滑って離れていった。

「……し、わぎ?」

名前を呼ぶと、目尻にキスが落ちる。

柏木はオレをじっと見下ろして頭を撫でた。

「泣くなよ?」

「泣いてないし」

どうやら、まだオレが泣かないか心配で見ていたらしい。その心配がおかしくて……自然に頬が緩む。

「指輪、見つかるよな?」

「ああ。見つける」

柏木が約束してくれるなら、大丈夫……。

やっと、そう思えて。

「お願い」

柏木の唇にそっと自分の唇を重ねた。

するりと滑りそうになった体を抱えられて、するすると滑る体を合わせるのが思いのほか楽しい。

「ん……っ」

お互いの立ち上がったものが、合わさって……そのわずかな刺激に声が上がる。

薄く開けた唇を、柏木のそれが塞いだ。

ぬるりと入り込んできた舌に、自分のものを絡めるとすぐに夢中になった。その間に後ろに回った手が、再び入り口をそうっと撫でて……。

「んぁっ!」

ボディソープの助けを借りて奥へ進んで……声が上がる。少し離れた体が滑りそうになって、慌てて柏木の首にしがみつくと奥へ伸びた指がその場所を掠めた。

「あぁぁっ」

唇が離れて、声が風呂場に響く。

柏木が目元にキスをするのに気づいて、また心配していたんだろうかと思った。

「柏、木……」

大丈夫、というかわりに名前を呼んで唇を重ねる。二本に増えた指が、中を……柏木を受け入れやすいように広げていく。

もう一本、指が増えて。

ボディソープにまみれた体の下にあるお互いのものはすっかり固くなっていて。

「欲し……」

小さく呟くと、指が抜かれた。

柏木が自分のものを握り込んで、そこに当てる。

「比呂、挿《い》入れるぞ」

ぐ、と先端が入り込んで小さく震えた。柏木を跨《また》ぐように座っているから……力を抜くと、体が沈んで自然に柏木が奥へと進む。

「ふあっ！」

腰と肩を手で押さえられて、一気に柏木の全部を飲み込んだ。

「あっ、だめっ……！」

その状態で……立ち上がったものを握られて頭が真っ白になる。腰は動かさずに、手だけを動かされて……ビクビクと震える体が、動かないままの柏木の形を覚えさせられているようで。

また目元にキスを感じて……柏木を見る。

オレが泣いていないか。

何度も確認する柏木は……けれど、泣いていないとわかったらふわりと笑う。

「柏木」

「なんだ？」

「動いて。柏木が欲し……」

言いかけた言葉がキスに飲み込まれる。

下から激しく突き上げられて、声が喘ぎにしかならなくなった。

目覚ましが……鳴ってない。

いや、違うか。昨日はリビングで柏木とああなって、それから風呂に入って寝室に連れてこられたから……携帯のアラームが鳴っていたとしても、リビングのテーブルの上だ。

いつもなら、ふらふらと起き出すところだけれど、今日はわりと元気だ。

アラームが鳴っていないのに起きることができたのもそのせいだろう。

オレが風呂場で動いてほしいと言ったときにはどうなるんだろうと思ったけど、中に出したのはその一回だけで……。

オレの様子を窺いながら、何度も目元にキスをする柏木は優しかった……と思う。

指輪を失くしたことに、柏木だってショックを受けてないはずはないのに、オレのことばかり気にしていた柏木を思い出して耳まで赤くなった。

「大学……」

とりあえず、今日も授業がある。

大学出たら専門学校に行かせてくれとお願いをしておいて、卒業できないだなんて恥ずかしい結果を迎えるわけにはいかない。

シャワーを浴びて、ご飯を食べて……。そう思って起き出すと、ほとんど同時に寝室の扉が開いた。

「柏木?」

いつもならもう会社に行っている時間だ。今日もそうだと思っていたのに、まだいたらしい。

「起きたか。何か食べたいものはあるか?」

近づいてきた柏木が、自然な動作でオレを抱え上げる。

らしい。

「いや、別に。普通にパンとかでいいけど……」

「わかった。準備しよう。先にシャワー浴びるか？」

頷くと、オレを抱えたまま歩き出す。どうやら柏木の甘やかしモードがまだ続いている
らしい。

「あの、大丈夫だから」

「うん？」

「ひとりで行けるし、その……昨日ので、じゅうぶん元気貰ったから」

若干、赤くなりつつ言うと柏木が笑いながら頬にキスをする。

「俺がそうしたいだけだ」

そのまま風呂に運ばれて。オレがシャワーを浴びている間に朝食を準備するつもりでい
るらしい柏木は、またキスを落として去ってく。なんだか、指輪を失くしたのに……柏木
の機嫌がいいような気がする。

シャワーを終えてリビングに行くと、いい匂いがした。

クロワッサンにハムと卵が挟んである。スープはコンソメベースの野菜スープ。サラダ
のかわりに、果物が盛り合わせてあるお皿とヨーグルト。ヨーグルトがプレーンなのは、
好きな果物を入れるためだろう。

テーブルに近づくと、椅子まで引いてくれる柏木はやりすぎなんじゃないかと思う。

「今日は大学に行くのか？」

「行くよ」

まるで休めばいいのにと言わんばかりの問いかけだ。確かに指輪を失くして落ち込んでいるけれど、それと大学を休むのとは別の問題だ。

「大学まで送ろう」

「は？」

クロワッサンに伸ばしかけた手が止まる。

「いや、いいよ。そこまでしなくて」

「会社に行く途中に寄り道するだけだ。気にするな」

気にするなって……柏木の会社は都内の中心部だし、オレの大学はどちらかといえば都心から離れる。完全に方向が違う。

「柏木。オレはそこまで……」

「比呂の弱味につけ込んで甘やかしてるところだ。俺が楽しんでいるだけだから気にするな」

「……」

そうか。柏木がどこか機嫌がいいのは、オレを甘やかすのが楽しいからなのか。

「どんだけオレのこと、好きなんだよ」

「聞きたいか？　長いぞ？」

柏木のその言葉に思わず笑ってしまう。

ふと柏木の方を見ると、オレが笑うのを見ている目が……幸せそうで。

こいつガチだ、と思うと妙に照れくさくなった。


「おはよー」

駐車場で待っていてくれた亮に挨拶をする。亮は車に向けて一礼していた。柏木が乗っていることに気づいたみたいだ。窓は真っ黒にしてあって、中はわからないのにさすがだなあ。

「今日はどうして柏木さん……？」

「昨日、指輪失くして落ち込んでたら心配してついてきた」

「指輪？　失くした？」

大学に向かって歩きながら、亮に昨日の経緯を話していく。

「それ、その男が怪しくないか？」

「だからカメラに指輪のついたネックレスを持ってたところが映ってて……」

黒いパーカーにマスクの男が指輪を盗っていってしまったことはわかっている。怪しむも何も、もう事実だ。

「違う。ぶつかったのもわざとで、指輪は偶然じゃなく狙って盗まれたんじゃないかと」

「え？」

「お前、ぶつかったことちゃんと言ったか？」

言っ……てない？

あれ？

オレ、最初はオレからぶつかったし、焦って上手く説明できなそうだからって思って隠して……そのあとは、指輪がなくなったことに慌てて……。

「言ってないな。すぐに高崎さんに連絡して、今日はもう帰れ。これ以上、何かあったらまた鎖で繋がれるぞ」

亮がくるりと向きを変える。

いや、でもせっかく授業受けに来たし。そう思っていると、亮が携帯を取り出して電話を始めてしまった。オレがやろうとしないから、亮が高崎さんに連絡をとっているんだろう。

オレの周囲の人間は過保護すぎる。

でも、まあ……あの柏木の甘やかしぶりを見ていると、オレに何かあったら……どうなるかは想像もつかなくて。

仕方がないかと亮と一緒に歩き始めようとしたときだった。

「比呂くん！」

大学の門のあたりから、声がした。

田辺さんだ。亮がすぐに電話を切って、オレと田辺さんの間に立ちふさがる。

「この間は突然の話で驚かせてしまって、すまない。ちょっと話がしたくて……」

田辺さんは亮の存在なんてないかのように話し始める。けっこう、強く睨まれてる感じがするのに強い。

「騙されてるなんて頭ごなしに言われて、信じられなくなるのも無理はないが……」

田辺さんが亮を避けようとするたびに亮も微妙に位置を変える。なんだかふたりで遊んでるみたいだ。言ったら怒られそうだから言わないけど。

「朝霞亮くん、私は比呂くんと話がしたいだけなんだ。悪いようにはしないから」

「どう転んでも悪いでしょう。関わらない方が、お互いのためにいいと思います」

「君は、比呂くんがそちらの世界に入ることをどう思ってるんだ。友人だろう？」

けっこう真面目な話をしてるけど、お互いひょいひょい動いているのでコントみたいだ。

落ち着くまで時間がかかりそうだなあ、とオレは何気なく視線を動かした。

その、とき。

「……っ！」

ちょうど、道路の向かい側だ。

黒いパーカーの男が立っているのが見えて、息を呑む。

「比呂?」

オレの様子がおかしいことに気づいた亮が声をかけるのと、オレが飛び出したのは、ほぼ同時だった。

道路の向かい側に立っている、黒いパーカーの男がこちらへ向けて掲げてみせたもの……。

「指輪……っ!」

男は、オレに見せつけるようにネックレスにかかったままの指輪を持っていた。

ちょうど車の往来が途切れたタイミングで走り出したオレを、亮が追いかけようとするけれど車が来て足が止まる。

後ろでクラクションが鳴らされるのを聞いた。けれど、あと少しで手が届く。

あと少し。

そう思ったとき男が走り始めた。

「返せっ!」

男が路地に入ったのを追いかける。あんまり足は速くない。追いつけそうで……。そこに、指輪があることが理性を失わせる。

伸ばした手が……服を摑んだ。

「……っ！」

そのまま壁に押しつけるようにして男の足を止める。

「なんでっ、オレの指輪……っ！」

胸倉を摑んで、叫んだ。

この男は、オレに見せつけるように指輪を掲げてた。つまり、亮の言うようにわざと盗んだんだ。

これがどれだけ大切なものか、知りもせずに！

「あー……、やはり小さい方が君の指輪か」

その声に眉を寄せる。追い詰められたような人の声じゃない。

「どちらが君のか確かめたかったんだ。それに傷の具合も見たかった」

伸びてきた男の手が、胸倉を摑むオレの手にゆっくり添えられる。その動きはねっとりとした……気持ちの悪い、もので。

「綺麗だよね。この手に傷が残るなんて許されないからね」

ぞわり、と背筋が寒くなった。

思わず手が緩んで……その隙に男が走り出してしまう。

「まっ……待てっ！」

慌ててあとを追おうとしたとき、後ろから腕を摑まれた。

「な……亮？」

オレの腕を摑んだのは亮だ。そしてすぐ横を田辺さんが走っていく。オレのかわりに男を追いかけてくれるみたいだ。

「ひとりで飛び出すなんて何を考えてるっ！」

あまりの勢いにびっくりした。

亮は……見たこともないくらいに取り乱していて、必死にオレを追いかけてくれたんだとわかる。

「ごめん」

「ごめんじゃない……。二度と、こんなことはしないでくれっ」

その言葉に何度も頷く。

「あの男が狙って指輪取ったかもって話をしたところだろう？　そこで目の前に現れたら普通、罠《わな》とか考えるだろう？　お前の頭はどうなってるんだ」

亮が、怖い。

真剣に怒ってる。

「でも……」

「は？　でも？　お前、何か反論しようとしてるのか？」

「指輪……痛、痛いっ！　亮！」

そう口にしたとたん、アイアンクローされた。

わりと握力のある亮のアイアンクローは真面目に痛い。

「ギブ！　ギブギブ！」

腕を叩いてようやく解放される。亮がここまで怒るのは珍しい。

「大切だとしても、安全と引き換えにできるものじゃないだろう」

まだ痛む額を押さえて、素直に頷く。亮の言うとおりだ。

指輪は大切だけど……。

大切だけど……。

諦めるためにいろんな言葉を考えて……、でもそんなものは見つからずに首を横に振る。

安全なんて考えもしないくらい、ただ大切だったんだ。

再び指輪を失くしてしまったような気になって、肩を落とす。せっかく柏木のおかげで回復していたのに。

「比呂くん！」

そのとき、男を追っていった田辺さんが戻ってきた。

ひとりだ。ひとりで戻ってくるってことは逃げられたんだろう。……使えない、なんて思っちゃいけない。オレのために男を追いかけてくれたんだから。

「すまない。取り逃がしてしまって……。でも、これは取り返したよ?」

取り返す……?

顔を上げると、田辺さんがネックレスごと指輪をこちらへ掲げてた。

「……っ!」

慌てて立ち上がって、田辺さんに駆け寄る。

「もう少しで捕まえられそうなところで、あの男がこれを投げつけてきて……。これは拾えたんだけど、その隙に逃げられてしまって」

田辺さんが状況を説明してくれるけど、そんなのもうどうでもよかった。

指輪。

オレの指輪が戻ってきた……!

広げた手の上に乗せられた、金属の重みにほっと息をつく。

「あ、ありがとうございます!」

使えないなんて思ってしまって悪かった。これが戻ってきたのなら、男なんて取り逃がしたって何したっていい。柏木の過剰な報復を考えれば、むしろ取り逃がしてくれてありがとうと言うところだ。

「いや、いいんだ。比呂くんが喜んでくれるな……」

「亮! 指輪が戻ってきた!」

田辺さんが取り返してくれた指輪を掲げて振り返ると、亮が微妙な顔で笑っていた。なんだ。せっかく指輪が戻ってきたんだからもっと喜んでくれていいのに。

「……あ、柏木に連絡！」

柏木だって心配してくれていた。指輪が戻ってきたんだと報告すればきっと喜んでくれるだろう。急いで携帯を取り出して、履歴から柏木に電話する。

コールは二回だけだった。

「柏木、指輪が見つかった！」

繋がると同時に報告する。それはよかった、とそう返ってくるだろうと思った。指輪が戻ったことを一緒に喜んでくれるだろうと。

『……比呂。それは盗まれたんじゃなかったのか？』

「そう。そうなんだけど、さっきその男がいて……追いかけて。男には逃げられたんだけど、指輪は取り戻した！」

『…………』

オレの言葉に、沈黙が訪れる。なんでだ？

「柏木？」

それから、電話の向こうで大きな溜息が聞こえた気がした。

『捨てろ』

「え？」

柏木が、ぽつりと呟いた言葉に……間違いじゃないかと思って聞き返す。

『一度、誰かも知らない男に渡った指輪など捨てろ。新しいのを買ってやる』

聞き間違いじゃ、ない？

せっかく指輪を取り戻したのに……、柏木は何を言ってるんだろう。

「なんで……」

『比呂、どうして指輪を盗んだ男が近くにいる？　追いかけたとはどういう状況だ？　そこには他に誰がいる？』

「知らねえよ！」

指輪を捨てろ？

だって、この指輪は柏木がそういう覚悟で、オレにくれたもので。

それだけじゃなくて、オレがこれからしっかり自分の足で立てるようになるまで……柏木との未来をしっかり考えるために持っているもので……。

「なんで捨てろなんて言えるんだよっ！」

柏木だって同じだと思っていた。

同じようにこの指輪を大切に思ってくれていると……。

勢いのまま、通話を切って歩き出す。

「比呂？」

　亮が慌てて横に並んできた。

「車に戻るんだろう？　そっちじゃないぞ？」

「戻らねえ」

　車に戻れば、家に連れ帰られる。そうしたら、柏木がこの指輪を捨ててしまうかもしれない。

「え、ちょっと待て。比呂、どこへ行くつもりだ？」

「父さんと母さんの泊まってるホテル」

「今の電話、柏木さんだろう？　どうして……」

「あいつ、この指輪は知らない男の手に渡ったものだから捨てろって……。ふざけんな！」

　このまままっすぐ歩けば駅に近い。

　路地を通っていくから、高崎さんが車で先回りしようとしても時間がかかるだろう。

「比呂くん、ホテルに行くなら送ろうか。近くに車あるよ」

「いいです。電車使います」

「電車って……比呂、さっきの男は取り逃がしてるんだぞ？」

「じゃあ、亮の車で送って」

どうせ亮の車は大学の駐車場に停《と》めてあるはずだ。高崎さんが待ち伏せしてるかもしれないから、そこまで辿り着くのも大変そうだけど。

「せっかく指輪を取り戻したのに、なんで捨てろなんて言うんだよ……」

よかったと一緒に喜んでくれると思ったのに、誰か知らない男に渡った指輪だなんて言い方して……。

新しいのなんていらないのに。オレは、この指輪じゃなきゃ嫌なのに。

鼻の奥がつんとした気がして、きゅっと眉を寄せる。

「わかったよ……。ホテルまで一緒に行くから」

亮が呆れたように……、でも、そう言ってくれてほっとする。田辺さんもなんやかんや言いながらついてくるみたいだ。田辺さんの車には乗らないけど。

「よかった。亮、電車代貸して」

「……比呂、電車代も持たせてもらってないのか」

亮がついてこないと言ったら、オレは新宿まで歩いていかなければならなくなるところだった。

オレの財布にはどこでも使える万能キャッシュカードがあるだけで、小銭すらない。何度か逃亡を繰り返した結果、財布の中には小銭さえ入れてもらえなくなった。

キャッシュカードと携帯のバーコード決済のアプリがあれば大抵のところはそれで済ん

でしまう。ただそれでは電車に乗れない。便利なのか不便なのかよくわからない世の中だ。

「それは柏木さんに賛成ね」

母さんがそう言うから、オレはマカロンを落としてしまうところだった。

昨日、母さんは夜遅くまで仕事があったらしく、今日の午前中は予定を入れずにのんびりしていたらしい。オレがホテルに着いて連絡を入れると、ふたりが揃っていたから驚いた。

亮は父さんと母さんに挨拶だけして帰っていった。

多分、このホテルにも柏木の部下がいたりするんだろう。面倒なことに巻き込まれる前に帰ったのかもしれない。

母さんはこの指輪がけっこうなブランドの特注品だと言っていた。もったいない、と怒りそうなのに捨てろだなんて。

「なんで！　大事な指輪なのに！」

「大切な指輪だからでしょう？　ちょっと見せてよ」

嫌な予感はしつつも、そうっとネックレスごと指輪を母さんに渡す。しばらくそれを眺めていた母さんは、溜息をつきながらオレに指輪を返した。

「おかしな汚れはついてないみたいだけど……。比呂、よく考えてごらんなさい。その男は普通じゃないわ。変態のストーカーの可能性だってあるでしょう？　その指輪、舐め回してるかもしれないわよ」

かちゃん、とテーブルの上で音がする。

オレが指輪を落としてしまった音だ。

「舐め回してるだけならまだ可愛いものだわ。○○つけたり、○○に入れたり……それでもその指輪、元のものと同じように大切にできる？」

あんなに大切だと思っていた指輪を落としてしまった。

それなのに、拾うことができなくなって泣きそうになる。

「嘘だ……」

「取り繕ったって仕方ないでしょう。柏木さんの言う、知らない男の手に渡るってそういうことだと思うけど」

思い出の、指輪。

大事な指輪なのに……。

「比呂くん……」

田辺さんがかわりに指輪を拾ってくれる。

変態男が舐め回したり、いろんな○○したりしたかもしれない指輪を拾ってくれるなんていい人だ。

おまけに差し出されても受け取れないオレを気遣って、ハンカチで包んで渡してくれる。ハンカチごと受け取って……。大切なのに触れないことが辛い。だってあの男が何したかわからないし。

捨てろって言った柏木の言葉が、ちょっとだけ……ほんのちょっとだけわかった。納得したわけじゃないけど。

「逮捕するにしても、容疑が甘いから難しいかもしれない」

田辺さんがぽつりと呟いて……ハッとした。

「だめだ。逮捕して！　できればすぐに！　柏木が何するかわからない！」

ただ落とした指輪を盗んでいったというだけじゃない。オレの前に現れて、何かしようとした。喧嘩の原因にもなった。

逮捕された方が、絶対に安全だ。

「……失礼するよ」

難しい顔で部屋を出ていく田辺さんに、頑張ってくれと心の中でエールを送る。

「比呂、お前はなんて人とつき合ってるんだ……」

父さんが胃を押さえている。まあ、その気持ちもわからなくはない。

柏木に捕まるより、逮捕された方がマシってどんだけだよと思う。

赤いマカロンはカシスだったみたいだ。

全部のマカロンの味を確かめられて、妙な達成感を味わう。それでも、昨日から何度もショックを受けているオレのメンタルは戻らない。

こういうときはコーヒーフロートだと思ったけれど、今日は水谷さんの姿が見えない。メニューにないオーダーを、見知らぬホテルマンに頼むことができないオレは小心者だ。

もう少しおいしいものを食べれば立ちなおれるだろうか。

そう思って腰を上げたオレは、そのまま席に座りなおした。

ラウンジの入り口にダークグレーのスーツを着た男の姿が見えたからだ。

「あら。柏木さんじゃない？」

オレの視線を追って、母さんが呟く。

確かにこちらへ向かって歩いてくるのは柏木だ。仕事中のくせして、何しに来たのか。

「こんにちは、柏木さん」

母さんがまず、挨拶をする。柏木が会釈するのが視線の端に映ったけど、オレは視線を合わせることができない。指輪を捨てろといった柏木に怒ってるけれど……母さんの話を聞いたあとでは、柏木が全面的に間違っているわけでもなかった。

「こんにちは。今日、お仕事は？」

「今日は午後からなの。よかったら座ってお話ししません？」

母さんがすすめるのはオレの横の席だ。でもオレは柏木のために席を空けてやらない。

柏木の言ったことを一部認められたとしても、指輪を捨てることに納得できたわけではない。

「いえ……、今日は比呂さんを迎えに来ただけですので」

「比呂は嫌がっている。それに、私は交際を認めていない」

オレのかわりに答えたのは父さんだった。柏木は父さんの方を見て、困ったように笑う。

「だいたい、比呂と貴方では年齢も価値観も違うだろう？　ふたりが長続きするとは思えないんだ。どうか、比呂をほうっておいてくれないか」

父さんの言うことは間違っていない。

オレも柏木と価値観が合うとは思えない。

「ですが、愛しています」

はっきりと言い切った柏木に……母さんが飲んでいた紅茶を噴き出しそうになったのを見逃さなかった。愛してますなんて、こんなにナチュラルに出てくる言葉じゃない。

この前夕食を一緒にしたときも言っていたけれど、あの時はこう……こっちの覚悟も伝えないといけない場だったし、酒もあったし、個室だった。今とは状況が違う。

「私たちに時間をください。すぐに認めていただけないことはわかっています。しかし、私にとって比呂さんは唯一です」

母さんが目でオレに何か訴えている。きっと、すごいわねとかそういうことを言いたいんだと思う。オレもそういう面で柏木はすごいと思ってるから頷くだけだ。

「じゃあ、比呂のためならヤクザを辞められるのか？」

あ。父さんが『私と仕事どっちを取るの？』的な発言をした。

「いえ。それはできません」

そうだろうなあ、と思う。柏木が背負ってるものはオレの存在なんて比べ物にならないくらい重いだろう。さすがの柏木もどっちを選ぶかと言われれば……。

「ヤクザを辞めたからといって、すべてのしがらみがなくなるわけではありません。たとえ海外に逃げたとしても安全でないでしょう。力を失って危険を買うような真似はできません」

違った。

柏木の闇が深すぎる問題だった。

そうかあ……。ヤクザ辞めたら、そういう問題も出てくるのか。

「比呂、こんな男やめろ！」

父さんの言葉は正しい。オレが親であったら絶対に言う言葉だ。

「仕方ないだろ。好きなんだから」

オレだって、そうじゃなきゃ柏木なんて面倒くさい男を選んでない。

好きになって、一緒にいたいと思ってしまったから仕方ないのだ。横に立つ柏木がにやついているのは気づかないふりをする。

「こんな男に大事な息子を渡すわけにはいかない！」

「渡すとか渡さないとかってなんだよ」

オレは物じゃない。父さんが渡さないと決めても、オレの意思で動くだけだ。

「こんな頑固な子じゃなかったのに……。もっと世の中、適当に生きていく子だったのに……」

「それはひどくね？」

確かに、柏木に出会わなかったら適当に生きてただろうなと思わなくはない。

以前なら美容師になりたいなんて思っても、大学を卒業したあとに専門学校に行こうかまでは考えなかっただろう。

後ろに柏木がいると思うから、オレはわがままになれた。ひとつ踏み込んで、やってみたいのだと気持ちを決めることができた。

だから柏木がくれた指輪は、たんに結婚を意味するものじゃなくて、オレの覚悟も入った指輪だった。

その指輪があんなことになったせいで……ほんとに参ってる。父さんにきつく答えてしまうのもそのせいだ。

「もう。比呂も雄太さんも……。こんなところで喧嘩したってどうしようもないでしょう。比呂。ひとまず、指輪についてふたりで話し合いなさい。こっちはこっちで話すから」

そう言われて柏木を見上げる。

好きなんだから、とか口にしたせいで機嫌がよさそうだ。オレの気持ちも知らないで。

「また、あとで連絡するわ」

立ち上がったオレに母さんが手を振った。そういえばまだ父さんに専門学校の話をしていない。母さんが話しているかもしれないけど、オレの口からちゃんと言いたい。

「うん、また」

今は指輪のことだ、と柏木の腕をとってラウンジを出た。


「比呂、指輪は……」

車の中で柏木が聞いてきたから、オレは取り戻した指輪を見せる。ハンカチに包まれたそれは……見た目は何も変わっていない。

「そのハンカチは？」

柏木の声が少し低くなったような気がした。確かに、オレのハンカチだと言うにはちょっと渋すぎる柄だ。

「田辺さんが……」

正直に言いかけて、慌てて口を閉じる。もう遅いけど。

「貸せ」

柏木がハンカチごと指輪を奪っていって焦った。

「返して！」

「返さない。新しいものを買おう。よく考えれば、これは俺が勝手に決めたものだ。新しい指輪は比呂の好きなものでいい」

やっぱり、そのつもりなんだ。

確かにその指輪はあの男に色々された可能性はあるけれど……、でも……。

「違うだろ」

ふたりの指輪だ。

柏木がくれて……。オレがこれから、ちゃんと自分の足で立つんだと決めたきっかけになった指輪。

一度は失くしたと思って、でも戻ってきて。

すごい嬉しかったのに……母さんがあんなこと言うから、複雑で。

「新しいものとか簡単に言うなよ！」

嫌だ。

柏木がこの指輪をいらないと言ってしまうのはすごく嫌なんだ。

指輪が戻ってきて安心したのと、でも複雑なのと、柏木が捨てろって言うのと……メンタルがぐちゃぐちゃになりそうで、自分でもどうしたいのかよくわからない。

「比呂……」

ぽろりとこぼれた涙が頬を伝う。こんなことで泣いてしまうなんてと思うけど、一度溢れてしまうと止められなくて。

「お前が捨てるとか言うな！」

大切な指輪だと思っていたのに、柏木が簡単に切り捨ててしまったことが悲しいんだと……その時になってようやくわかる。

「大事な指輪だろ。柏木にとってはそうじゃないのかよ！」

ヤバい。

涙が止まらない。

「柏木がくれて……、嬉しかったんだよ。オレだってこれからがんばろうって……。だから、大切な指輪だから……！」

「比呂……」

オレの涙に動揺している柏木から指輪を奪う。

もう取られたくないと、ハンカチごとぎゅっと握りしめる。

「比呂」

「触んな！」

車の中だから遠くには逃げられなくて、できるだけドアに身を寄せる。

「比呂、わかった。指輪は捨てない」

泣いているオレをしばらく眺めていた柏木が諦めたように大きく息を吐き出した。

「……」

「俺が悪かった。何か方法を考える」

柏木が差し出す手に指輪を預けるかどうか判断できない。

だって柏木はその場しのぎの言葉が上手い。ここではそう言っても、まったく同じものを用意して捨ててないとか言いそうだ。

「比呂。俺も指輪は大切だ。だが、それより比呂が上になる。比呂がその指輪のために男を追いかけたと聞いて冷静じゃなくなった」

確かに……それはオレが悪かった。オレが男から指輪を取り返したと聞いた柏木がどんな気持ちか考えなかった。

「捨てない。少しの間、預からせてくれ」

もう一度手を差し出されて……。オレはそうっと手の力を抜いた。

包んであるハンカチごと柏木の手に乗せると、柏木はすぐにスーツのポケットに入れてしまう。

「ほんとに捨てない？」

「捨てない。誓っていい」

柏木が自分のハンカチをオレに差し出してくれて、オレもようやく冷静になる。二十歳超えてこんなに泣くことがあるなんて思ってなかった。

柏木のハンカチを受け取って目元を押さえる。悔しいから鼻水も。それくらい、やり返してもいいだろう。

「あ、田辺さんのハンカ……」

「俺から返しておく」

ハンカチ、と言い切る前に柏木が言葉を被せてきた。本当に返すか怪しいところだ。

「オレが借り……」

「大丈夫だ。俺が返す」

迷いがない。これはオレに渡してくれなさそうだ。

仕方ないから、今度新しいものを買って返そう。どうせ田辺さんもまた意味なくオレの前に現れるだろう。


次の日、改めて家族で食事をしようと言われて出かけたのは、まだ一緒に暮らしていたころによく行っていた小さな中華料理屋さんだ。

住んでいた場所の最寄り駅のすぐそば。

中国人の夫婦が経営する店で、テーブルが四つとカウンターだけの店だ。

店内に入ると、久しぶりだと喜んでくれる店主夫婦が懐かしい。

一応、メニューはあるけれど、あんまり見たことはない。夫婦がおすすめしてくれる料理はどれもおいしくて、任せていれば間違いない。それにメニューには載ってない料理もたくさんあって、それもまた楽しみだ。

あ、でもトマトと卵を炒めたやつは食べたい。中国の家庭料理っぽくて、柏木が連れていってくれるような店には置いてないんだよな。

「比呂、遅かったわね。もう飲んでるわよ？」

母さんが言うけれど、約束の時間には遅れていない。先に来て飲んでいる方が悪い。

「何、飲んでる？」

「んー、杏露酒《シンルチユウ》」

「じゃあ、オレ……は、ウーロン茶で」

母さんと同じものを頼もうとして、やめておく。ここで酔っぱらって、心配をかけたくない。欲望に流されないオレはやっぱり成長していると思う。

料理は、もう何品かテーブルに並んでいる。減ってきたら適当に持ってきてくれるという常連ならではのシステムだ。もうしばらく来ていなかったけれど、顔を覚えていてくれたからきっとそのシステムになっているはず。

「比呂」

父さんは……飲んでない。また母さんに止められているのかもしれないし、話したいことがあるからなのかもしれない。

まあ、後者か。

父さんはオレに言いたいことが山ほどありそうだ。

「比呂、一緒にフランスに行こう……。柏木浩二はダメだ」

そうくるよなあ。

ウーロン茶を受け取って、乾杯と掲げると母さんはグラスを合わせてくれたけれど、父さんは合わせてくれない。

「比呂は昔から無難な道を選んで歩いてきただろう。大学だって、もっと上のランクを目指せたのに、入って苦労したくないからって楽なところに決めて……。そんな子が、男と同棲？　流されたに決まっている」

まあ、確かに最初はそうだった。けれど、柏木と暮らしていくうちに、オレも色々と覚悟を決める場面があって。

「だいたい、就職活動はどうなってるんだ？　もう四年生は始まってるんだから、のんびりしていられないだろう。まさか、柏木浩二が面倒見るから就職しないなんてこと……」

母さんはまだオレの進路について話していなかったみたいだ。ちゃんと自分の口から言わないと、と思ってオレはグラスを置いて姿勢を正す。

「大学を卒業したら、美容の専門学校へ行きたいと思っている」

「え？」

「美容師になりたいんだ。父さんと母さんには負担をかけることになるけれど、あと二年、社会人になるのが遅れてもいいかな？」

父さんは……固まっている。

こんなことを言い出すとは思ってもいなかったみたいだ。

「あんな適当だった子が、自分から何かしたいだなんて……」

「父さん、昨日も思ったけどオレに対する評価がひどくね？」

無難な道を歩いてきたとか、適当とか。

「だって、お前……何をやらせても器用にこなして、そこそこの成績あげたら満足してやめていくような子だったじゃないか。ピアノも水泳も……バスケだけは三年間がんばってたけど、モテるからいい気になってただけだし」

「だから、ひどくね？」

モテるからいい気……って。まあ、そういう面があったことは否定しない。でもバスケはわりと真面目にやっていたと思う。オレの通っていた高校のバスケ部は全然強くなくて都大会出場を目標にしてたくらいのところだから練習は緩めだったけど、サボったりはしていない。

「何が目的なんだ？」

「え？」

「まだ学生気分でいたいから専門学校に行きたいとかそういう気持ちだったら……」

「違う。本気で美容師になりたいと思ってる」

さすがに以前のオレでもそんなことは考えない。普通に就職して、普通に生活していくと思っていたから。

「どうしよう、羽瑠さん。比呂がしっかりしたことを言っている」

オレが将来の目標を話しているのに、どうしようとはどういうことだろう。

「まあ、比呂もひとりで生活して成長したんじゃない？」

「ひとり暮らし……。そうだよな。三年もひとり暮らししていれば、成長も……」

いや、自ら言おう。ひとり暮らしをしていたころはわりと遊び回っていて、将来のことなんてこれっぽっちも考えていなかった。就職するにしろ、顔を活かして営業職かな？くらいだ。

「将来のことを真剣に考えるようになったのは、柏木とつき合ったからだよ」

照れくさいけれど、それがなければ美容師になりたいなんてことも思わなかったはずだ。

「みっ、認めない！」

「オレは流されやすいけど、違うから。柏木が将来のことを持ち出してくるから、そんなところまで流されて決めるわけにいかなくて、真剣に考えたんだ」

「し、将来……？　あの男とどんな将来があるって言うんだ」

口調は強いのに、泣きそうな父さん。お酒は飲んでいなかったと思ったけど、一杯くらいは飲んでいたのかもしれない。

「まあ、柏木とのことはいったん置いておいて、大学出たら就職だとか普通に結婚することとか……そういう、当たり前に思ってることを取っ払って考えたんだ。それで、美容師になりたいって思った。ちょっと遠回りしちゃったけど……」

「どうしよう、羽瑠さん。比呂がまともなことを言ってるのに、柏木浩二とのことが気になりすぎて全然頭に入ってこない」

母さんが父さんの背中をぽんぽんと叩く。なぐさめているつもりだろうか。

「まあ、専門学校については反対しないわ。ね？」

「そう……。そうだね。比呂がやりたいなら……」

なんだか柏木という大きな問題があることで、大学出てから専門学校へ行くということがとてつもなく小さな出来事に思えてしまうから不思議だ。けっこう大きな人生の決断だと思うのに。

「ほら、とりあえず食べましょうよ。お料理が冷めたらもったいないし」

母さんが料理を小皿に取り分けていく。まずはにんにくの芽と豚肉の炒め物……？　最初からわりと濃いけど、まあおいしいからいいか。

他にもあっさりした料理は並んでいるのに、母さんのチョイスは微妙だ。そういう大雑把なところが母さんらしいと感じて……うん、やっぱり久しぶりに家族といるのも悪くないと思う。

「ちょっと、水餃子《すいぎょうざ》は六個あったのに、もう三個しかないじゃない。誰よ、余分に食べたのは！」

それは父さんだ。さっきお皿に三個乗せていた。父さんは昔からここの水餃子が好物だから……。

わいわいと中華料理を食べながら、ふと……ここに柏木は馴染めるだろうかと思う。

柏木浩二に、この中華料理屋さんは似合わない。けれど、前に大学のカフェテリアで竜田丼を一緒に食べたときみたいに、オレがいる場所なら来てくれる気がする。

「ちょっと、比呂。にやけてないでなんか言ってよ。父さん、春巻きも余分に食べちゃってる！」

「別にいいだろう！　久しぶりなんだし！」

父さんが開きなおって、さらに水餃子を取ろうとしている。

「あ！　オレも水餃子食べるのに！」

このままでは母さんが自分の二個を主張して、オレのぶんがなくなってしまうかもしれない。この店の水餃子は、皮が厚くてもちもちしてる。中の具材も花椒《かしょう》が効いていて日本のものとはやっぱりどこか違う。

「水餃子、追加いる？」

オレたちが水餃子でわいわい言っているのがカウンターの向こうにまで聞こえていたらしい。店のご主人から声がかかって……。

「いる！」

「お願いします！」

「よろしく！」

三人が同時に叫んでしまって、思わず顔を見合わせて笑った。

「比呂、ひとりで帰るのか？」

あのあとは父さんと母さんのフランスでの話とか、オレの大学の話で盛り上がった。最初はアルコールを飲まなかった父さんも、途中からビールを飲み始めてすっかり酔っぱらっている。

柏木の話は……、うん。その名前に過剰反応する父さんのせいであんまりできていない。まだ先は長そうだ。

母さんが支払いを済ませてくれている間、店の外で父さんと待つ。店が狭いから、中で立っているような場所はない。まあ、支払い中も色々話し込んでるから長いだろうな。

「正留くんが近くにいるみたいなんだ。送ってくれると言っているけど」

どんだけ田辺さんを推してくるんだ？

これでもしオレが柏木から田辺さんに乗り換えても男同士っていう問題は残るんだけれど、それはいいのかな？

そこに問題がないなら……やっぱり、柏木が問題なんだろう。

それはそうだ。問題だらけだからなあ。

「大丈夫。護衛の人がいるし……」

「護衛？」

あ、しまった。今まで高崎さんのことは言ってなかった。

「えーっと。まあ、そう。専属の護衛がいる。今度紹介するよ。高崎さんっていって、ちょっと可愛いおじさんなんだ」

「可愛いおじさ……いや、でも護衛って……」

そうだよな。護衛って何？　ってなるよなあ。

「柏木が過保護なんだよ。大学への送り迎えとかもしてくれる」

「比呂、お前やっぱり脅されたりしてるんじゃないか？　護衛じゃなくて監視じゃないのか？」

うん、まあ……監視目的もあるとは思うけれど、それはオレに色々やらかした過去があるからで。

「まあ、上手くやってるよ」

「比呂、やっぱりフランスに一緒に行こう。あー、もう。どうして一緒に連れていかなかったんだろう。男の子だからって手を離すんじゃなかった！」

父さんが手を握りしめて離してくれない。柏木とのことは簡単に認めてもらえないと覚悟しているけれど、こんなふうに心配をかけたいわけじゃない。

「大丈夫。オレ、ほんとに柏木が好きだよ」

かといって、安心してと言えるような材料はないんだよなあ。オレも何度か危ない目にあってるわけだし。

「比呂……」

父さんが泣きそうな顔をしたとき、母さんが店から出てきた。

「あら。なんでそんな顔してるのよ。周りから見たら悲愴な別れみたいよ？」

「羽瑠さんからも言ってよ。一緒にフランスに行こうって！」

「嫌よ。もう比呂も大人なんだからほうっておこうって、こっちに来る前に話したじゃない」

そんな話をしてたのか。

「でもまさかこんなことになってるなんて……」

いや、ほんとに。

オレも一年前は自分がヤクザとつき合って、美容師目指すようになるなんて思っていなかった。誰か予想できた人がいるなら教えてほしいくらいだ。

そのとき、近くで車のクラクションの音がした。そちらへ顔を向けると、白い国産車に乗った田辺さんが、運転席から手を振っている。本当に迎えに来るとは思っていなかった。あ……。すぐ後ろにベンツがある。むちゃくちゃ、田辺さんの車に近づいていってるけど……、ぶつけたりはしないよな?

「あら、田辺くんじゃない」

母さんが驚いたように田辺さんを見ている。

父さんが田辺さんの車に近づいていって何かしゃべり始めた。大方、オレの愚痴だろう。酔った父さんは、すぐ泣くし、すぐ愚痴る。

まあ、いいや。ベンツも迎えに来たしオレも帰ろう。そう思って歩き始めたとき、ベンツの後部座席の扉が開いた。

後部座席？

誰か乗ってたんだろうかと思って……。降りてきたのが、柏木で驚く。

だって、昨日は大学まで送って、それからホテルにも迎えに来た。今日も迎えだなんて……柏木の忙しさから考えると普通じゃない。

「柏木浩二！　比呂に触るな！」

いや、無理だろ。

父さんの叫びに思わず笑う。

「こんばんは、お義父さん」

「お義父さんじゃない！」

やっぱり、柏木は悪びれずにお義父さんと言った。多分、ずっとそう呼び続けるつもりだ。

「いいか。比呂は可愛いんだ。それから、ちょっと抜けてて、心配なところもあるけど可愛いんだ！」

うん。意味不明だ。その言葉に柏木が頷いているのも意味不明だけど。

「そんな可愛い比呂を、どうしてお前みたいな男にやらなくちゃいけないんだ！」

「比呂が選んだことです」

「お前がそう仕向けただけだろう！　それにどうして呼び捨てなんだ……っ」

泣き始めた父さんを母さんが呆れた顔で見ている。いい年したおっさんにこんな往来で泣かれると迷惑この上ない。父さんの見た目が若くてイケメンじゃなければ通報されてるレベルだ。

「雄太さん、もういいかげん諦めたら？　お互い、好き合ってるんだからいいじゃない」

母さんがとどめをさす。なぐさめてやればいいのに。

「お義父さん、すみません。比呂を諦めることはできないんです」

柏木が父さんにハンカチを差し出してる。やけに優しいのは、オレに顔が似てるからだろう。オレの涙に激弱な柏木は……きっと父さんの涙にも平静でいられないはずだ。

父さんは柏木のハンカチを奪い取って、鼻をかむ。容赦がない。

「比呂にはなあ、お前のような男じゃなくて、もっといい男が似合うんだ」

あ。ヤバい。

さすがにこれを言わせるわけにはいかないと思ったけれど間に合わなかった。

「田辺正留くんだ！　警視庁に勤めてるんだぞ！　キャリア組のエリートだ‼」

父さんが車に乗ってる田辺さんを……あれ、田辺さん……車から降りてる。しかも父さんの恥ずかしい紹介に堂々と応えて手を振っている。

「……比呂に？」

すっと柏木の顔から笑顔が消えた。父さんがびくりと体を竦《すく》めるけど、自業自得だ。

「こんばんは、柏木さん。田辺といいます」

「……」

柏木が腕を組んで、目を細める。ものすっごい、機嫌が急降下している。

「お義父さんたちからすれば、つき合う相手が柏木さんだと心配なんでしょうね」

田辺さんも、父さんのことをお義父さんって呼んだ。柏木の眉間にヤバめの皺《しわ》ができる。

「柏木さんなら、比呂くんでなくてもお似合いの方がたくさんいらっしゃるでしょう?」

思わず柏木を見上げると、もう目からビーム出そうだった。ほうっておくと、なんちゃら光線とか出て周囲が破壊されそうだ。

「か、母さん。そろそろ父さん連れて帰ってよ」

小さな声で母さんにそう言うと、母さんもさすがにヤバい雰囲気を感じとって頷いてくれた。

「じ……じゃあ、オレも帰るから! ほら、柏木!」

柏木の腕をとって歩こうとするけれど、柏木が動かない。田辺さんと睨み合ってる。もうビームが出るカウントダウンが始まりそうだ。これはよくないと柏木の視線を邪魔するようにふたりの間に体を入れた。

「ほら、帰ろう」

柏木の視線がオレに落とされたのを確認して、再び腕を引くとどうにか歩き始めてくれた。ベンツの後部座席のドアを開けて待っている玉城《たまき》さんも、ほっとした顔をしている。

玉城さんは柏木の秘書のような役割をしている人だ。年齢は四十歳くらい。大きな体だけどいつもニコニコしてるので優しいクマみたいだ。

ここに玉城さんがいるってことは、もう一台、高崎さんの乗った車が近くにあるのかも……と思って見渡すと、ちょっと離れた場所にもう一台、ベンツがあった。うん、あっちが高崎さんだ。

「比呂を返せっ。比呂っ、そんな男と行くな！」

酔っぱらいが叫んでいるけれど、相手にしちゃいけない。

「またね！」

父さんと母さんに手を振って、柏木を車に押し込んだ。さすがに父さんや警察の田辺さんに喧嘩を吹っかけるようなことはないだろうけれど……。あのままほうっておいたら何が起こるかわからない。

「田辺……。比呂のことを嗅ぎ回っていた男だな。圧力をかけたはずだが、どうしてまだ比呂の周りをウロウロしてるんだ？」

車に乗り込むと、柏木が玉城さんに当たっていた。

「申し訳ありません。すぐに措置を」

「い……っ、いや、そういうのはいいから！　ほんとに！　父さんの知り合いってだけで！」

「……比呂。あの男を庇《かば》うのか？」

「違うからっ。父さんの知り合いだから、あんまりひどいことはしてほしくないなーって。柏木だって、これ以上、父さんからの印象を悪くしたくないだろ？」

柏木の眉間にある皺をなくしたくて指で押さえてみる。

「比呂」

「何？」

「俺はお前のことになると、どうしても狭量だ」

知ってる。すごい知ってる。

「お義父さんは、お前にあの男をすすめたのか？」

「……」

こういうとき、咄嗟に嘘がつけないオレってどうかと思うよね。

何も言えないオレに、柏木が大きく息を吐き出す。

「でっ……でも、柏木の方がかっこいいし！」

慌てて柏木を褒める作戦に変更する。

「足、長いし。スタイルいいし！　あと、金持ってるし！　向こうは公務員だから、柏木の収入には追いつけないよね！」

「……」

「たっ、田辺さんはひょろっとしてて頼りないな。柏木、体も鍛えてるし力も強いよね！」

そっと柏木の腕に手を絡めて、もたれかかってみる。機嫌をとるためにボディタッチなんて、どこのキャバ嬢だと思わなくもないが非常事態だ。

「オレは断然、柏木がいい！　柏木の方が好きだ。柏木が……っ」

好きだ、の言葉を叫んだあたりで腰に手を回された。自然に重なる唇に……今日は仕方ないかと、体の力を抜く。

「比呂」

「うん？」

「……そのあたりのホテルに入るか？」

「入らないっ！　入らないから！　家がいい！」

マンションまでは、三十分くらいだろうか。それさえ待てないって一体どういうことだろう。

「そうか。まあ、家の方が朝が遅くても困らないか」

「……ソウカモシレマセンネ」

オレが力なく答えたとき……急に車が止まった。ぐっと体が前に行く感覚があって、柏木が支えてくれる。

「すみません、人が飛び出してきて」

運転手が慌てた声を上げる。柏木の運転手を務めているくらいだから、何もなければこんなふうにブレーキを踏むこともないだろう。

「当たったのか？」

「いえ、当たってはいませんが、はずみで転んだようで」

玉城さんがそう言ってシートベルトを外した。状況を確認するために車を降りるみたいだ。

「比呂、後ろの車に乗り換えるぞ」

すぐ後ろには高崎さんが乗っている車がある。乗り換えるのに問題はないけれど。

「え？　でも事故……」

「いいから。ここは玉城に任せておけ」

振り返ると、後ろの車の助手席から高崎さんが降りてくるところだった。ちょっと難しい顔をしている。

「運転手と玉城が残れば、向こうに怪我があっても対処はできる。行くぞ」

高崎さんが後部座席のドアを開けてくれて、オレと柏木は車から降りた。

もし、相手に怪我があったら……当たっていなくても、こんなふうにいなくなるのは申し訳ないと思って、車の前に目をやって……。

「あっ！」

思わず、叫んだ。

そこに蹲《うずくま》っていたのは、黒いパーカーにマスクの男で……！

あの男だ、と声に出す前に、蹲っていた男がこちらに向かってくる。

「今、助けるから！」

男が叫んだ。

助ける？　助けるってなんだろう。

「比呂さん、後ろの車に！」

玉城さんが立ちふさがるが……、男が玉城さんに向かって何かを投げた。

パンパンと激しい音が聞こえて、思わずぎゅっと目をつぶるけど……柏木がオレを抱えるようにして、後ろの車に乗り込む。

「出せ」

低い声とともに、すぐに車が動き出した。

「何……？」

「多分、爆竹だ。脅かしたかっただけだろう」

慌てて車の外を見ると、玉城さんと高崎さんが逃げた男を追いかけているのが見えた。

玉城さんは電話しながら追いかけてるから……応援も呼んでいる。

柏木の腕の中で、オレは小さく震える。

爆竹……。爆竹だったから、よかった。けれど、もし今のが違うものだったら?

危険を及ぼすようなものだったら?

「大丈夫だ、比呂。玉城と高崎が、あの男を捕まえる」

柏木がぎゅっと体を引き寄せてくれて、ほっと息をつく。高崎さんに任せてれば大丈夫なはずだ。ちょっと抜けてるところもあるけれど、優秀な人……なはずだし。

「あの男、何が目的なんだろう」

オレを傷つけたいというのなら、最初に会ったときにできた。誘拐目的ならひとりで追いかけた二回目はチャンスだったはずだ。

『今、助けるから!』

そう、叫んでいた。助けるって……。もしかして柏木からオレを助けようとした?

確かに柏木は悪そうに見える。そんな男に連れられてベンツに乗り込むオレは、無体なことをされているように思えるかもしれない。まして中華料理屋の前で父さんが騒いでたのを見ていれば……。

「目的はどうでもいい。邪魔だ」

「あの……柏木?」

「なんだ」

「捕まえたあと、どうする？」

ぴくりと柏木の眉が上がる。

「二度とお前の前には現れないから安心しろ」

「法律に触れるようなことは……」

「するわけない。俺ほどグレーの部分を知り尽くしている男はいない」

いや、ちょっと待って。全然安心できないんですけど？

「逆に聞く。大事な指輪を盗んで、その指輪を掲げて挑発し、爆竹を投げつけてくるような男を……比呂はどうしたい？」

何もしないでほしい……とは言えない。ここまでされたら男の行動がさらにエスカレートしないとも言えないいし、何より大事な指輪にあんなことやこんなことをされたかもしれない。

「ちゃんと、逮捕されて罰を受けてもらえれば……それで」

「じゃあ、そうしよう」

そんなことで柏木が納得するのかと驚いた。けれど、そのすぐあとで、以前にオレを誘拐した相手の結末を思い出す。

そういえば、あのとき刑務所は治外法権みたいなところだと言っていた。中でどんな怪我を負ってても医者に診てもらえるし、逃げられないって。

「ヤクザも最近は随分甘いもんなんだぞ」

そのときも、そんなことを言われた気がする。けれど、指輪を盗んだといっても確かじゃないし、それを持って挑発したこともオレが行かなきゃ問題はなかったし……今回の爆竹は確かに迷惑行為だけど、全部を合わせても刑務所に入るほどじゃないはずだ。きっとそこまでひどいことにはならないだろう。

警察に捕まって、注意されて反省すればいい。ついでにどこかで躓《つまず》いて転ぶくらいしてくれればじゅうぶんだ。


『比呂！　昨日の帰り、変な男に襲われたって本当か？』

翌日、父さんからかかってきた電話に驚いた。オレは言ってない。柏木がわざわざ知らせるはずもない。父さんが知っているはずのないことだ。

「なんで？」

『正留くんが教えてくれた。被害届が出て、男を追っていると』

被害届……。

それは多分、柏木が手配したんだろう。オレが逮捕されて罰を受ければって言ったから。

部署が違うはずの田辺さんが追っているのは、以前、オレがお願いしたことを覚えてくれていたからだろうか。

昨夜、玉城さんと高崎さんは男を捕まえられなかった。その報告を受けた柏木がむちゃくちゃ笑顔だったのが怖い。

それでオレは大学に行くのを止められて、家にいることになった。まあ……、いつまでもずっとというわけにはいかないけれど、今日くらいは仕方ないだろう。柏木は朝早くから出かけてしまった。高崎さんはいるけど……落ち込んでいるせいか、あんまりしゃべってくれない。

「別にそんな大きなことじゃないんだ。嫌がらせに爆竹投げられただけで」

『爆竹だって火傷するだろ』

ああ、うん。そうだね。よい子は真似しちゃいけないレベルで危険ではある。銃じゃなくてよかったと思ってるなんて言えない。

『こっちも明後日の午後には飛行機に乗らなきゃいけない。今日の夜、会えないか?』

「もう一週間になるんだ……」

戻ってくると聞いたときは、一週間なんて長いなと思ったけれど過ぎてみればあっという間だ。明後日は見送りに行く予定だけど、明日の夜は出国に向けてゆっくりしたいだろう。

『そっちに行く』

「へ?」

『一度、比呂が住んでいる部屋も見てみたい。心配だし、羽瑠さんとふたりでそっちに行く。住所を教えてくれないか?』

その言葉で、オレは住んでいるところの住所を知らないことに気がついた。

ヤバい。もう半年以上も住んでいるのに、このマンションの詳しい住所を知らないってのんびりすぎる……。

「……あとで、メールする」

そう答えるのが精いっぱいだ。自分のいいかげんさに落ち込んでしまう。

「でも、本当に来る気?」

思わず聞いてしまったのは……このマンションの豪華さ具合が現実離れしているからだ。

銀行に勤めていた父さんなら、一瞬で資産価値を見抜いてしまうかもしれない。

『行く』

「わかった……。柏木に言っとく。柏木は夜、遅いから会えないかもしれないけど」

このところ、柏木は仕事を休んだり早く帰ったりしている。あの男が捕まっていない以上、そっちに関わることもしているだろうから仕事が溜まっているはずだ。

『かまわない。多分、十九時には行けると思うから』

「はーい」

軽く電話を切って、部屋を見渡してみる。

広いリビング。マンション自体、そんなに大きな建物ではないけれど、このあたりに高層ビルはないので最上階のこの部屋は眺めもいい。

高崎さんたちが待機する部屋と、オレがひとり暮らししていたときの荷物を置いてる部屋はそれぞれ八畳くらい。もうひとつ、十畳くらいの客室もある。寝室はもうちょい広いうえに、部屋かと思うくらいの広さのウォークインクローゼットつきだ。

ただ広いだけじゃなくて、天井も高い。

持ち家じゃなくて賃貸だったらそれだけで普通の会社員の月収では払えないレベルだろう。

まあ、でも来るというのを止めるわけにもいかない。

父さんと母さんはオレの親で、オレがどういうふうに生活してるのかくらいは知る権利がある。柏木とのことを認めてもらいたいと思っている今なら、なおさら誠実に対応しないと。

「高崎さん、ここの住所知ってる？」

「え？」

オレの質問に高崎さんが目を丸くした。

「今、父さんに聞かれたんだけど……、オレここの住所知らなかった」

「それは驚きです」

「オレも」

ふたりでうんうんと頷き合ってみる。

「何か荷物でも届くんですか？」

「いや、来るって」

「は？」

「父さんたちが、来るって」

高崎さんがきょとんとした顔をしたので、そう答えると高崎さんが慌てて携帯を手に取った。

「なっ……何時ですかっ？」

電話をかけながら切羽詰まった様子で聞いてくるので、思わず素直に十九時ごろと答えてしまう。

「あ、もしもし。高崎です。今、比呂さんから比呂さんのご両親がこちらへいらっしゃると伺いまして……。はいっ、十九時ごろだそうです！」

敬語？

相手は柏木か玉城さんだろうか。別に教えなくてもいいのに。

「はい……っ。はい。かしこまりました」

すぐに電話は切ってしまうけれど……逆に用件だけ言って切ること自体が切羽詰まっているような印象を受ける。

「父さんと母さんが来るだけだけど?」

「一大事じゃないですか? 結婚相手のご両親の初訪問ですよ?」

あー……。

そういうことに、なる……のか? でも結婚相手って。まだ、具体的に進んでいるような話ではないのだし。

「万全の態勢でお迎えしなければなりません!」

「いや、そんなにたいした人たちじゃないので」

高崎さんの気合にビビる。もしかして、玉城さんとかも同じノリなんだろうか?


柏木まで、同じノリだとは思わなかった。

十七時ごろに帰宅した柏木を見て、オレは言葉を失う。

そしてシャワーを浴びに行く柏木を見て、そこまでするのかと若干引く。

「こんにちはー」

そして何故、安瀬さんがついてきた?

そう思ったけれど、安瀬さんは寝室やら浴室を覗《のぞ》き込んで、両親に見られちゃいけないものたちを回収していった。あー……うん。母さんならそういうところも見たいと言い出かもしれない。そしてそこに、男同士でしか使わないようなローションとかがあれば、す父さんは倒れてしまうかもしれない。柏木は気にしないだろうし、オレでは気がつかなかった。

玉城さんが連れてきた女性が部屋に花を飾っていく。待って。すごいセンスがいいけれど、この人……プロだろうか。

まあ、柏木好みのモノトーンが多いシンプルなこの部屋にはちょうどいい賑《にぎ》わいかもしれない。

そのうち、インターホンが鳴って……。早いけど、父さんと母さんが来たのかなと思っていると職人さんがやってきた。

「職人？　何職人？」

白い服を着て、かなり大がかりな荷物を持っている。

「寿司《すし》職人です」

「は？」

本気でビビった。

寿司職人を我が家で見る日が来るなんて思っていなかった。というか柏木、気合を入れすぎだろう。

「お好きなものを、いくらでも握りますので！」

寿司職人は腕まくりをしながらそんなことを言って、キッチンに消えてしまった。色々準備が必要なんだろう。

そうこうするうちに、もう一度インターホンが鳴って、今度こそ父さんと母さんだろうと思ってると、ソムリエがやってきた。入ってきた見知らぬ人に「誰？」と聞くと「ソムリエです」と言われたから、彼はソムリエだ。ソムリエはおすすめの酒だという箱を置いて帰っていった。帰っていくんだ……。ちょっと安心した。

というか、この家、けっこうアルコールあると思うんだけど、今日のためにわざわざ持ってくるってよっぽどだよね？

そう思ってそろっと箱を覗くと……うん、高そうな箱に入った酒が並んでる。ソムリエが持ってきたからといって全部がワインというわけじゃないらしい。日本酒やウィスキーなんかもある。

やっぱり柏木、気合入れすぎじゃないか？

寿司職人以外の人たちが撤収していったころ、ちょうど父さんと母さんがやってきた。うん。玄関先で無言って、その気持ちはよくわかる。コンシェルジュや警備員がいるマンションって、それだけでハードルが高すぎるよね？　それなのに、あきらかに素人が活けたとは思えない花もあるし、どうしていいかわからないよね？

「こんばんは」

柏木がオレの前に立って出迎える。やっぱり気合が入っていると思う。

「こんばんは。突然、お邪魔して申し訳ない」

父さんが全然心のこもってない声で言う。柏木は気にしてないみたいだけれど。

「いえいえ。お義父さんたちなら、いつでも自由に来てくださって大丈夫です」

またお義父さんと呼んでる。父さんももう訂正することを諦めたみたいだ。

「あ、比呂。これ。ホテルのマカロン。気に入ってたみたいだから詰めてもらったの」

母さんが差し出してくれた箱にテンションが上がる。もうさすがにあのホテルに行くことはないだろうから、嬉しい。

「ありがとう。中へどうぞ」

案内すると、父さんも母さんもリビングに入るなり溜息をついた。

「比呂、もうあんた働かなくてもいいんじゃない？」

「え？」

「柏木さんが面倒見てくれるんでしょう？」

稼げもしない子がヤクザの男使って生活していくのかと思うと眩暈が……なんて言ってた母さんも、オレの生活費くらい柏木にとってなんの負担にもならないということに気がついたみたいだ。

「お義母さんがそう言うなら、そうしようか。比呂」

柏木が乗ってくるから、オレはマカロンを冷蔵庫に入れるのを口実に逃げることにした。

「あれは……？」

オレの行き先を目で追った父さんが、キッチンに立つ寿司職人を見て、不思議な顔をしている。

わかる。わかるよ。家に寿司職人がいる不自然さにビビるよね？

「銀座で寿司屋を営んでおります、渡辺《わたなべ》と申します。本日はよろしくお願いします」

寿司職人がビシッと頭を下げる。合わせてもうひとりも「よろしくお願いします」と頭を下げた。

でも、ちょっと待って。銀座の寿司職人さん？　そんなところから連れてきたんだ。

「よ、よろしくお願いします」

「え？　ここで握ってもらえるの？」

父さんはちょっとビビってる。母さんは目の前で寿司を握ってもらえることの方が勝ったみたいだ。

「なんでも握ります！　お好きなネタをおっしゃってくださいね！」

腕まくりする渡辺さんは頼もしい。

「まずは前菜をご用意してますので、お席にどうぞ」

その言葉どおり、食卓には人数分の前菜が並んでいる。長皿に並んだ小盛の前菜。それからいくつかの小鉢。これだけでも酒を飲みながらだったらじゅうぶんじゃないかと思えるのに、寿司食べ放題がついてくる。

「何か飲みますか？」

しかも、用意されているのはオレでも名前を知ってるような高級シャンパン。あれ、木の箱に入ってたやつだな。うん。

母さんはシャンパンを持った柏木を見て、それから父さんを見る。最後にオレを見て……ぽつりと呟いた。

「ホストクラブに来たみたいだわ」

いや、違うから。柏木をホスト扱いするなんて、母さんの心臓はなかなかに強い。

「では、どうぞ」

柏木が悪乗りして母さんのために椅子を引いた。父さんの椅子も引こうとしてたけれど、父さんは自分で椅子を引いて座る。

オレも座ると、柏木がシャンパンを開けた。全員のグラスに注いで……ということはオレも飲んでいい？

「じゃあ、乾杯！」

グラスを掲げると、三人がチリンと合わせて音を立てる。

あれ？　三人？

「父さん？」

父さんだけがグラスを手にせずに難しい顔をしていた。

「今日は食事をしに来たわけでも、親交を深めに来たわけでもないんだ。比呂が襲われたというから心配で……」

ああ、そうだった。柏木が気合入れて準備してるからすっかり忘れてた。

「今、犯人を追っています。すぐに捕まえますので」

「その犯人が捕まったところで、柏木浩二と一緒にいるなら危険はなくならないだろう！」

そうだろうな。

それはオレも覚悟している。

「オレは柏木が全力で守ってくれると信じてる」

グラスを置いて、まっすぐ父さんを見る。

「適当な気持ちで柏木を受け入れたわけじゃない。最初は戸惑ったけど……、ちゃんと好きなんだ」

しっかりと言い切ると、視線が痛かった。

父さんや母さんに、この人が好きですと言うのが……。まあ、恥ずかしいとは思うんだけど、柏木からの視線も随分痛い。

「ご飯、作ってくれるし、オレが落ち込んでるとケーキとか買って帰ってくれるし……。忙しいのに、連絡したらすぐに返信くれるし。お酒はあんまり飲ませてくれないけど、心配してのことだし」

安心できるようにと思って、普段の柏木がオレにしてくれることを並べてみるけれど、とりとめがなくて伝わっているかどうかわからない。

「柏木は、オレを大事にしてくれてる。これでもかっていうくらい、愛されてる。幸せなんだよ、柏木といると」

「比呂……」

父さんが、泣きそうな顔をして……それからシャンパンを一気に飲み干した。炭酸なのに。

「比呂がこんなにしっかり言い切るなんて珍しいじゃない。好きだとか、美容師になりたいとか。やっとそんなふうに言えるようになったんだって思うと私は嬉しいわ」

母さんがそう言ってグラスを掲げる。父さんは空になったグラスに再びシャンパンを入れて、また一気に飲み干した。

「……でも、ヤクザだ」

とん、とグラスを置いてぽつりと呟く。その苦い言葉は……、オレと柏木のことを認めたい気持ちが現れ始めているからだろう。だから、『でも』がついている。

「まあ、心配は心配よね。余計な危険があるんじゃないかと思っちゃう。でも、今回みたいに柏木さんといるから避けられる危険もあるわ。守ってくれるんでしょう？　比呂を」

「全身全霊で」

柏木もグラスを置いて姿勢を正す。

なんだか改めて父さんと母さんの前で言われると、照れる。オレがさっき好きだと言ったとき、柏木はこんなにむずがゆい気持ちだったのだろうか。

「世の中に危険なんてそんなにない。柏木浩二と離れてさえいれば……」

「は？　私が貴方と比呂のことでどれだけ苦労してきたかわかってる？　世の中に危険なことは少ないけど、貴方と比呂に限っては違うわ」

えーっと？

「今回のことだって、比呂自身を狙った可能性だってある。むしろ、そっちの方が可能性は高いわ。今は学生だから世界が狭いけれど、世の中にはいろんな人がいるの。柏木さんとつき合っているから危険なこともあるでしょうけど、だから守れることだってある。そこがプラスマイナスゼロなら、経済力があって、お互い想《おも》い合ってて問題ないわ」

一息に言い切って、母さんもグラスを飲み干した。そんなに雑に飲むようなお酒ではないけれど、仕方ない。

「けれど……でも……」

空になったグラスを見つめてまだぶつぶつ言う父さんは……。うん。時間が解決してくれそうな気がしてきた。母さんがこちらの味方なら、父さんはいずれ折れてくれる気がする。

「とりあえず、食べましょうよ。早くお寿司、握ってもらいたいし！」

母さんがにっこり笑って……。オレはようやくシャンパンに口をつけた。

＊

「……んっ」

ベッドに寝かせた比呂が、シーツを巻き込むようにして寝返りをうった。酒を飲んで赤くなった目元にそっと指を這《は》わせると、少しだけ眉を寄せる。

酔った比呂は積極的になる。このまま行為を進めれば、きっと甘い夜を過ごせるだろうが……今夜ばかりはそうもいかない。

額にそっと唇を落としてリビングに戻ると、比呂の母親はソファでウィスキーの入ったグラスを傾けていた。比呂の酒の弱さは父親に似たらしい。比呂の父親は比呂よりも早くに酔い潰れて客室のベッドに寝ている。

「比呂は寝た？」

「ええ」

「酔ったところ、初めて見たわ。たちが悪いわね」

「……ええ」

強く同意する。酔った比呂は可愛くはあるのだが、誰にでも愛想を振りまいてしまう。褒め言葉を繰り返し、ボディタッチが増える。ほうってはおけない。

比呂の母親に促されるままにソファの向かい側に座る。

ビジネス相手でもなく、好意を持った相手でもない。そういう人間と差し向かいで酒を飲むのは不思議な感覚だ。

「今更なことを聞くけど、比呂のどこがいいわけ？　顔以外はわりと普通だと思うんだけど」

「……比呂といると、自分が普通の人間になったような気がします」

本音で話すのは、こちらの誠意を見せるためだ。

比呂を育て、守ってきたのがこの人なのだと思うと、自然に頭が下がる。

だが俺は、他人に気に入ってもらえるような会話を意識したことがない。さて、どうしたものかと大きく息を吐く。

「まだ笑えた。まだ人を愛《いと》しいと思う心があった。他人に対して心が動くということが楽しくて仕方ない。比呂だけなんです。私の心を動かせるのは」

自分にはそんな感情などないと思っていた。何をしても動かない心は錆《さ》びついているのだと。

けれど比呂に対しては違う。愛しいと感じ、比呂が悲しまないためならばなんでもできる。こうして、目の前の女性に敬意を抱くのも、比呂の母親だと思うからだ。

「重いわね」

「ありがとうございます」

比呂への想いを測られるならそれは褒め言葉だ。

「まあ、いいわ。比呂が選んだんだもの。ただ、比呂に限界が来て貴方から逃げたいと思ったら手を放してやってくれる？」

「それは……」

相手の気に入る言葉を並べたいとは思うものの、それを気軽に約束することはできない。

比呂が逃げれば、俺は必ず追う。手放す未来などない。

「親だからね。貴方と比呂が一緒に沈んでいくのは見てられない。貴方なら、沈みそうになるときは見極められるはず。もちろん、そうならないことを願っているけど、信じ切るには……ちょっと貴方があちらの人間すぎるから。別に沈まなきゃ、いいのよ？　そうし

たら手を放さなくていい」

比呂の母親は、俺の執着など見抜いているようだ。適当そうに見える比呂が、ふいに口にするはっきりとした意思を持った言葉は、きっとこの母親に影響を受けたものだろう。

「……努力は、したいと思いますが」

それは、手を放さない努力ではなくて、沈まない努力だ。

比呂が俺から逃げたいなど思わないよう。比呂が潰れてしまわないよう、甘やかして……、愛して。

「歯切れが悪いわね」

「なんとでも。比呂に関して、私は狭量なので」

「面倒くさい男ね、貴方」

「よく言われます」

頬を緩めると、比呂の母親はグラスを掲げて笑った。

＊

「……あれ、母さんは？」

「ああ、お義母さんは昨夜のうちにホテルに帰ったぞ。明日出国だから、今日も少し会社に顔を出すらしい」

キッチンから聞こえたのは柏木の声だ。父さんが、微妙な顔をして食卓に座っている。オレの服を着ているところを見るとシャワーも浴びてさっぱりしたあとだ。二十一歳の息子の服を着て違和感のない五十歳って笑える。

柏木が朝食を準備しているのに驚いているみたいだ。

「食事の準備は比呂がしたりしているんじゃないのか？」

「オレができるわけないじゃん。家で食べるときは、誰か作りに来てくれるか柏木がやるよ？」

「……」

うちは父さんが中心になって家事を行う家庭だった。母さんもできなくはないが、雑だ。部屋の角を無視して掃除機をかけても平気なところがある。洗濯物を畳んでも、微妙に角がずれている。作業は早いけれど、父さんはそれが気に入らなくて手を出してしまうらしい。

だから、母さんがフランスに行くとなったとき、単身赴任ではなくて父さんがついていってしまったのだけど。

「もうすぐできるから、比呂も座ってろ」

いつもなら柏木のその言葉に素直に甘えるところだけど、さすがに父さんのぶんもあるから手伝おうとキッチンに向かう。

「じゃあ、それを持っていってくれ」

まあ、オレが頼まれるのはそういう小さなことだ。

言われたとおり、サラダやスープを運んでいく。朝からスパニッシュオムレツを作るなんて、柏木の気合は継続中だ。

「り、料理が上手いからって認めるわけじゃないからな」

ツンデレみたいなことを言っている。柏木の作った朝食はおいしかったらしい。何よりだ。

しっかりと完食して、仕事に行くと言う柏木を見送った。父さんは最後まで微妙な顔をしていたけれど、昨日まではもっと難しい顔だったんだ。少しは態度が柔らかくなっているのかもしれない。

「おはようございます、比呂さん」

「誰だっ?」

柏木が出ていくと、当然のように入ってきた高崎さんたちに父さんがびっくりしていた。

うん。驚くよな。オレも慣れるまでは時間かかったし。

けれど、緊張しているのは父さんではなくて高崎さんだった。動きがぎこちないロボットみたいになっている。

「高崎さん。オレを護衛してくれてて、大学の送り迎えとかしてくれてる人」

紹介すると、中華料理を食べた後のことを思い出したのか、納得した表情になる。

「息子がお世話になっています」

「いっ、いえっ！　とんでもございませんっ」

なんて……オレを直接守ってくれてる人だからか、態度も丁寧だ。もともと銀行にいたから、人当たりは悪くないんだよ。柏木に対してはムキになっているだけで。

「私どものことは気にしないでください」

そう言われても、高崎さんが壁際に立っているのはどうしても気になってしまうようなので、待機部屋に移動してもらった。

「比呂……。やっぱりフランスに行かないか？」

ふたりきりになった部屋で、父さんがぽつりと呟く。まだ諦めてなかったらしい。

「じゃあ聞くけど、フランスに行ったらオレは安全なのか？　フランスにはストーカーも、犯罪者もいなくて、交通事故もなくて、病気にもかからないって？　そんなわけないよ。どこにでも苦労も危険もある。オレはここで柏木と一緒にいたい」

ちょっと泣きそうになっている父さんは、まだ昨日の酒が抜けてないみたいだ。

「そんなにしっかりしたこと言わないでくれ。お前が手を離れたみたいで寂しい」

元気がないのは……仕方ないか。

きっと娘を嫁に出すような心境になっているに違いない。

父さんがオレの頭を撫でるのを、好きにさせる。明日にはフランスに行ってしまうのかと思うと……オレもちょっと寂しい。でも、寂しがるばかりじゃなくて、喜んでもらいたい。

相手に柏木を選んでしまった以上、それは贅沢なことなんだろうか？


『比呂、父さん、まだそっちにいる？』

母さんからその電話がかかってきたのは、昼も少し過ぎた時間だった。

父さんが考えたいことがあるからひとりで帰ると言って、部屋を出たのは九時過ぎだ。まあ、どこかでランチでもしながらのんびりしてるとも考えられるけど……。

「いない。九時過ぎにはこっちを出た」

『ランチの約束してたからホテルに戻ってきたんだけど、部屋にもラウンジにもいないし、連絡がつかないのよ』

その言葉に、動きが止まった。

父さんは約束を断りなく破るような人間じゃない。それが母さんとの約束となればなおさらだ。

「携帯は？」

『ずっと電源切ってるみたい』

電源……、切らないよな。普通。

明るい時間だし、もう五十歳のおじさんだし……何かあったとは思えないけど、心配だ。

「オレからも連絡してみる」

『お願いね』

大丈夫、とそう思うのに何故か不安が拭えない。母さんもそう思ったからオレに連絡してきたんだろう。

「高崎さん！」

電話を切ってすぐに、高崎さんを呼ぶ。

「父さんと連絡がつかないみたいなんだけど……」

「ホテルに戻るまでは見送ったはずなんですが、確認してみます」

あ、やっぱり。父さんがひとりで帰ると言っても、誰かつけてくれてるんじゃないかと思ってた。

「少し散歩しながら戻られて、十時半ごろホテルに着いたそうです。ホテルにはもともと別の護衛を置いているので、こちらから送った者はそこで戻ってきたようなのですが……」

十時半。もう二時間も前だ。ホテルに戻って部屋にも行かずにウロウロするにしては長い。

「比呂さん、ホテル担当の者に確認を取りました。部屋にいったんお戻りになったようで、その後はラウンジにいらしたと。ゆっくりされているようだったので、フロアの廊下で待機していたらしいんですが……。どうも見失ったようです」

父さんたちのいるフロアの廊下は広くて見渡しがいい。そこで見失うなんてことがあるんだろうか。

「十一時ごろ、チェックインの客が揉《も》めて、少しだけ目を離したと言っています。考えられるのはそのときに外に出たか、連れ出されたか……」

「ホテルだろ？　連れ出されるなんてこと……」

「ええ。難しいと思います。おそらく、ご自分で出ていかれたとは思うのですが」

それにしては、母さんと約束があるのに連絡がつかないのがおかしい。

「ホテルに行く」

「比呂さん！」

多分、高崎さんは止めたいんだろうけれど、さすがに母さんひとりをホテルで待たせておくのは可哀想《かわいそう》だ。

「準備してくるから、柏木に連絡……」

「連絡はいたしました」

一体、いつの間に。今、外部と携帯で連絡とりながらオレに報告してくれてたよね？

とりあえず、財布と携帯だけ持って玄関へ向かう。高崎さんも渋々ながらついてきてくれるみたいだ。


ホテルに着くと、母さんはカウンターで従業員と話していた。

「比呂！」

「父さんは？」

オレの言葉に母さんが首を左右に振る。やっぱりまだ連絡はついていないみたいだ。

「……田辺さんは、どうして？」

母さんの横には田辺さんがいた。そんなに暇ではない人のはずなのに……暇なんだろうか？

「連絡がつかないと聞いてね。ホテル内の防犯カメラも確認したけど十一時ごろ、客室の方へ向かうのが確認されてからは映ってない。今、部下に詳しく分析させているけれど、それ以上のことは見つからないと思う」

「客室の方へ？」

護衛をしていた人は外からの出入りを注意してただろうから、それで見逃したのかもしれない。

でも、部屋にはいなかった。

「……どっかに連れ込まれてるとか？」

「今、お泊まりになっているフロアに他の客はいません」

高崎さんが答える。それを高崎さんが知っているということは、柏木がフロア貸し切りにしていたんだろうか。

「非常階段は？」

「そちらも確認済みだ。怪しい者は誰も通っていないね」

オレが思いつくことなんて、すでに調べられている。

できることはないのだろうかと思い始めたとき、足音が響いた。

「柏木？」

フロアを早足で歩いてくるのは、柏木だ。また、仕事を切り上げてきたんだろうか。

後ろから玉城さんと数人のいかつい人たちがついてきている。玉城さんが手に持っているのはカードの束……？

「今から、玉城がこのフロアの部屋を調べる」

つまりオレたちを追い越していった玉城さんが持っていたカードの束は、このフロアの部屋を開けられるカードキーなのか。

フロアを貸し切っている柏木にならホテルの人もそれを用意してくれるだろう。

「高崎。水谷とかいう従業員はどこにいる?」

「今日は見ておりません」

「十一時前後、カメラに映っていた。探せ」

すぐに高崎さんが走り出す。

水谷さん?

水谷さんって、オレがホテル来るたびに接客してくれていたあの水谷さんだよね?

「ホテルの従業員なんだから、カメラにくらい映るんじゃないのか?」

「確認は取った。水谷は今日、非番だ」

父さんが行方不明になっていた時間に、非番の水谷さんがいたと聞いて胸がざわざわし始める。

父さんも水谷さんとは親し気に話していた。親切にしてもらったけれど、あれが嘘だったなんて信じたくない。

「え……。ちょっと待って。昨日、その水谷さんに部屋の空調がおかしいからって言われて隣に移動したの」

母さんの顔色が悪い。

「本当ですかっ」

田辺さんの声が大きく響いた。

「カメラで見たとき、雄太さんが入っていったのは宿泊していた二〇一二号室です」

「違うわ。今は二〇一三に移動してるもの」

なんだ、父さんが間違えただけか。案外、中で寝てるかも……なんて思ったのは一瞬だ。そんなはずはない。部屋を移る時には鍵も交換しているはずだ。

「じゃあ、そこに……っ！」

田辺さんが走り出して、オレは慌てて二〇一二号室の扉の前に行く。耳を押し当ててみるけれど、誰かいるような音はしない。扉が厚いし、部屋も広いので中の音は拾えないだろうけど。

「下がってください」

端から部屋を調べていた玉城さんが様子を聞きつけて戻ってくる。

田辺さんが、部屋の鍵を奪い取るようにして扉にかざした。

かしゃん、と開錠する音が響いて、それと同時に田辺さんと玉城さんが部屋に飛び込んだ。一緒に来ていたいかつい男の人たちも続々と中に入っていく。

「雄太さん！」

田辺さんの声が響く。中にいたんだろうか？

それと同時に、人が争うような音……。部屋に入ろうとしたオレを柏木が止めた。

「大丈夫だ」

そう……そうだろうけど！

「比呂！　羽瑠さん！」

しばらくして、中から父さんの声が聞こえた。元気そうな声で、オレと母さんは慌てて部屋に入る。

「これは……」

父さんは椅子にガムテープで固定されていた。けれど、それ以外は怪我もなさそうだ。

田辺さんがガムテープを解《ほど》こうと苦労していて……。手伝おうかと前に出ようとしたとき、後ろから来た高崎さんが小さいナイフを取り出した。

高崎さんも騒ぎを聞きつけて戻ってきたみたいだ。

ナイフを使うとガムテープの拘束は簡単に剝がれていく。

「よ……よかった……」

母さんがふらりと床に座り込んだ。

父さんがいなくなって三時間近く経っている。もし、犯人が何かしようとすればじゅうぶんな時間だった。けれど、父さんは元気で。衣服に乱れたところもなくて。

「一体、どういう……水谷さん？」

そのとき、玉城さんが床に取り押さえている人を見て驚いた。

信じたくなかったけれど、そこにいたのは水谷さんで……。

「水谷さんに部屋の空調が直ったから元の部屋へ戻るように鍵を渡されたんだ。けれど、戻ってみたら、捕まって……」

水谷さんが狙っていたとしたら。

昨日、部屋を移動させたことまでが計画のうちなら、そのことを知ってる人が他にいるのかどうかも怪しい。

事情を知らない警察やホテルの人が見る映像には、二〇一二号室に戻る父さんの姿しか映らない。怪しいところは何もない。

けれど部屋は二〇一三号室に移動していて……。そこに父さんがいないのは当たり前で。

「だ……っ、大丈夫？　何もされてない？」

「されたよ！　あの野郎、人の手をずっと触ったり写真撮ったり……。ああ、もう気持ち悪い！」

父さんが叫んで……。

多分、その場の全員が首を傾《かし》げた。

「手……？」

母さんが代表して、その疑問を口にする。

「あ……秋津雄太さんと比呂さんは、私の理想の手の持ち主だ！　父子であんなにそっくりな、素晴らしい手を持っているなんて……。これがどれほどの奇跡かわかるか？　指の長さ、爪の形、関節のバランス……どれをとっても完璧だ」

　オレと父さんは確かに顔だけでなく手も似ている。

「ふたりの手は神が作り出した芸術なんだ！　ずっと触りたくて触りたくて……！　指輪を盗んだけれど、ふたつあってどちらが比呂さんのものかわからないし、あげく奪われるし……」

　指輪！　あの黒いパーカーの男は水谷さんだったのか！

「車を襲ったのは……？」

「助けてあげられなくてすまなかった。君が怪我したのはそこにいる男のせいなんだろう？　その美しい手に傷を作るような男のそばにいちゃいけない」

　怪我？　なんのことだろうと考えて、ようやく包丁で切った小さな傷のことを思い出す。そういえば、最初に黒いパーカーの男が現れたとき……傷を確認していた。

「手……？」

　オレは自分の手を掲げてみた。人より、ちょっと指は長いかなと思うけれど、普通の手だ。

「ああ……っ、もっとよく見せてくれ！　ぎゅっと握って掲げてくれ！」

　恍惚《こうこつ》とした表情で叫ばれて、慌てて手を背中に隠した。

「明日にはチェックアウトだ。そうなれば、ふたりの手にはもう会えない。そう思うと最後にしっかり目に焼きつけておきたかったんだ！」

玉城さんに押さえられたまま、水谷さんが叫ぶ。

「お願いだ。ふたりの手を合わせてくれないか？　そうしたらもう、思い残すことはないから！」

いや、もう捕まってるから言うことを聞く必要がない。無言で首を横に振る。変態は数多く見てきたけど、手に特化した変態なんて……怖すぎる。

「こんな……私の人生の中で、最高だと思える手が一度にふたつも……！　頼む。隠さないでもっとよく見せてくれっ」

ガッ、と音がしたのはそのとき。見ると、田辺さんが手錠を握り込んだ手で水谷さんを殴りつけていた。水谷さんは衝撃で気を失ったようだ。

「あー……、すみません。暴れるから、うっかり手錠を握ったままの手が当たってしまいました」

そう言いながら田辺さんは水谷さんに手錠をかける。それを見て、玉城さんが手を放した。

でも田辺さん……手錠握り込んだ手で殴るってあきらかに確信犯なんだけど……。

「比呂くんも、うっかりしておきますか？」

田辺さんがこちらを向いて笑顔で聞いてくるから、慌てて首を横に振った。

それから、うっかりしたそうな柏木の腕を摑んで引きとめる。柏木がうっかりするとシャレにならない。玉城さんと高崎さんもうっかりしたそうだけど、柏木がしていない以上は上司を差し置いてできないはずだ。

「私は……うっかりしたい」

「父さん！」

ちょっと本気も混じっていそうだったけれど、父さんは冗談だと肩を竦めた。

「私が殴れば喜ばせてしまうかもしれない。正留君、あとのうっかりは任せた」

うっかりを任された田辺さんは、にっこり笑った。本当にうっかりするつもりだろうか。いや、一応警察の人だし大丈夫だよな……？

「任せてください」

何を？

それに突っ込むのはやめておいた。こういうことは曖昧にしておいた方がいい。そもそも、うっかり何かしてしまってもそれはあくまでうっかりなんだ。

「えーっと……。とりあえず……突き抜けた変態で助かった……のかしら？」

母さんが救いにもならないようなことを言って、全員が無言になった。

そのあと、ホテル側から部屋を移動するように頼まれて、さらにいい部屋を用意された。ホテルの従業員がその立場を使って行った監禁事件だ。支配人と副支配人が揃って謝罪に来たり、警察が水谷さんを連行したりして随分騒がしかった。

今は田辺さんが順番に事情聴取をしている。

最初に軽く母さんが話してから、父さんにかわったところだ。

用意された部屋は、大阪でオレたちが泊まった部屋によく似ている。広いリビングに寝室がいくつかあるようなタイプの部屋だ。

関わった人はリビングにいて、順番にテラスに呼ばれていた。テラスに置いてあるテーブルで話している様子はこちらからも見える。事件があったばかりなので、密室にならないよう気を使ってくれているのだろう。何を話しているかまではわからないけれど。

リビングのテーブルの上には色々なスイーツが並べられていた。ホテルからのサービスらしい。連日、ラウンジでスイーツを食べていたのを見られていたんだろう。

マカロンも当然のように置いてある。ラウンジにはない味もあって、食べないわけにはいかない。新しく現れた薄紫のマカロンはラベンダーの香りがした。個人的にはそうきたかと驚いた。紫のブルーベリーはすでにあったから、薄紫はぶどうだと思ったのに。

「またマカロン、食べてるの?」

母さんが呆れたような顔でこちらを見た。

「だって、ラウンジにないやつがあって……」

「え、嘘。どれ？」

また食べてるなんて言っておきながら、新しい味があるとなると身を乗り出してくる母さんに笑う。まんまとホテルの思惑どおりだ。これが謝罪の一環なら大成功だ。

「次は、比呂く……」

「必要ない」

テラスのドアが開いて、田辺さんの声がしたかと思ったらオレのかわりに柏木が答えた。疲れた顔した父さんはシャワーを浴びると言って奥の寝室に消えていく。

うん。手だけを触られる三時間……想像しただけでメンタルが削られる。シャワーくらいいくらでも浴びてほしい。

「いや、一応関係者として……」

「比呂が直接関わったことは何もない。どうしてもというなら、書類を用意してうちの弁護士を通せ。任意には応じない」

柏木がこう言い出したからにはオレには事情聴取はないだろう。田辺さんも諦めたみたいでリビングに戻ってくる。

「防犯カメラで部屋に入るのは見届けた。そのあと、部屋は出ていない。それなら部屋にいるとなぜ考えなかった。お前の無能のおかげで数時間、無駄にした」

田辺さんに向けて柏木が容赦ない。

「しかし、奥さんは部屋に雄太さんはいなかったと……」

柏木は、その言葉を鼻で笑うだけだ。田辺さんはゆっくり首を横に振った。

「いえ。そうですね。確かに固定概念にとらわれて確認を怠った私のミスです」

「だったら早く署に戻って、水谷を送検しろ。それからこれ以降、秋津家に関してのことは、すべて弁護士を通せ」

「……今回は仕方ありませんね。雄太さんにうっかりを任されていることですし、行きますよ」

そう言って出口に向かった田辺さんは、ふと足を止める。

「比呂くん」

「はい？」

名前を呼ばれて思わず返事をしてしまった。柏木が少しだけ眉を寄せる。いや、返事だけで機嫌悪くするって……こじらせすぎだろ。

「私は柏木浩二という男は信用できません。比呂くんには優しいかもしれない。でも、それがイコール善人だということではない。まっとうに生きていれば、関係が辛くなることもあると思います。そのときに、逃げる道はあると思い出してください」

「えっと……」

柏木が善人だと思ったことなんてない。

まだ、オレの知らない柏木はいると思う。けれど、柏木だってオレのすべてを知っているわけじゃない。

お互いの関係はまだこれから築いていくもので、そこには何があるかわからないけれど……オレが柏木をそういうふうに見放すことはないはずだ。だからこそ、柏木との将来を真剣に考えているわけで。

「お前だって善人ではないだろう」

柏木が背後からオレの腰に手を回す。

「組織犯罪対策部なんてものは、ただの善人には務まらない。お前がそうだというのなら、配置換えしてもらった方がいい」

「警察官が、善人じゃないわけないでしょう?」

田辺さんが笑顔で答える。混じりけのない爽やかな笑顔でこの言葉を言えるのはすごい。

「オレは、大丈夫です。柏木から離れようとは思わない」

まだ柏木の本当を知らないからだと言われても、オレはオレの見てきた柏木を信じている。

「だから、田辺さんを頼ることはありません」

腰に回された柏木の手にそっと自分の手を添える。

「ひとまずはそれでかまいませんよ」

田辺さんは少しも笑顔を崩さない。

「それでは、またお会いしましょう。今回のことで進展がありましたら、連絡いたします」

軽く頭を下げて、田辺さんが部屋から出ていった。なんとなく大きく息を吐いてしまうのは、少し緊張していたせいかもしれない。

「ほら。やっぱり公務員だからってまともな人間ばかりじゃないのよ」

扉の閉まる音を聞いて、母さんがぽつりと呟く。

そういえば、父さんがオレに田辺さんをすすめたって知ったとき、あんな何を考えてるかわからないような人、比呂に合うわけないって言ってたなあ。

「父さん、ひとりにしておいて平気？」

「平気でしょう。今回、触られたのは手だけみたいだし、あの変態……恐れ多いとかなんとか言って、触れたり額に当てたりしただけで舐めてないって」

「舐め……っ」

それはよかった。気持ち悪いことには変わりないけど、本当によかった。

「そのうち、笑い話になるわよ」

「なるかなー？」

「するわ。笑い話に変えることができるのは家族の特権ですからね」

まあ、今はメンタルやられてるから笑えないけど、手を目当てに誘拐されたなんて、確かに笑えるようになるかもしれない。

「雄太さんなんてあの顔でけっこういろんな変態釣り上げてるのに、誘拐に成功した変態が手だけが目的だったなんて……。他の変態に怒られるわよ」

変態を釣り上げ……、まあオレも今まで心当たりがあることなので強くは言えない。釣り上げた中で一番大きな変態はすぐ隣にいるのだし。

ちらりと柏木を見ると、苦笑いしていた。どうやらオレの考えていることがわかったみたいだ。

「柏木さん」

「はい」

「こんな子だけど本当にいいの？」

「唯一ですので」

「どうするの、比呂。貴方、心変わりしたって逃げられないわよ？」

「もう逃げないから」

「もう……？　逃げたことがあるような口ぶりね」

その言葉に、若干居心地悪くて目を逸《そ》らす。

「まあ、いいわ。ところで、指輪はどうなったの？」

オレはその言葉に柏木を見た。預かるとは言っていたけれど、どうしたんだろう。

「ああ。ちょうど、仕上がって届いたところなんです」

そう言って、スーツのポケットから柏木が小さな箱を取り出した。

「届いた？」

不思議に思って、柏木が開けた箱を覗き込む。そこにはふたつの指輪が並んでいたけれど……違う。前とはデザインが違う。銀色だった指輪に細く、流れるような金色のラインが入っている。

「新しい指輪……？」

「違う。溶かして作りなおした。金のラインはネックレスにしていた鎖だ。元のプラチナ部分は千七百度で溶かしたから、さすがになんの痕跡も残っていないだろう」

千七百度……？

その温度の高さが想像つかない。でも待って。溶かしたって……それは前と一緒の指輪なのか？　いや、でも素材は一緒だから……？

「つけておくか？　もう鎖はなくなったし」

それを言いたくて鎖まで一緒に溶かしたのか。

「あら。素敵になったわね」

覗き込んでくる母。

そのとき、ちょうどシャワーを終えた父さんがリビングに出てきた。柏木が持っている指輪を目にして眉を寄せる。

「前も聞こうと思ったんだが、その指輪……まさか」

「マリッジ……」

普通に答えようとした柏木の口をすぐに手で塞ぐ。これ以上、父さんに刺激を与えるわけにはいかない。

「まだ！　まだだからっ！　貰ったけど、両方オレが預かってて……まだ、そういうことにはなってないから！」

父さんは額に手を当てて、ふらりとよろけた。倒れずに済んだのは、椅子の背もたれに手を置いたからだ。

「そんなところまで、話は……」

「進んでないっ。進んでないよ！」

父さんの目の前で手を振ってみるが、聞こえてはいないみたいだ。

柏木が父さんにショックを与えるからだ。まだ交際だって認めてもらってないのに、マリッジリングが存在してるとか……そりゃあ、顔色だって悪くなる。

心配していると、柏木がすぐ隣まで歩いてきた。

そうして、指輪の入っている箱を父さんに差し出す。

「預かっておいてもらえますか?」

「え?」

何を言っているんだろう、と柏木を見上げた。

「比呂の覚悟が決まれば、私たちでその指輪を取りに行きます。それまでの間」

オレがちゃんと自分の足で立てたらプロポーズするからって預かっている指輪だ。それを本当の意味で使えるようになるには何年かかるだろう。

「私は生涯、比呂以外を愛せない。まだ日本では法律では認められていませんが、いずれはきちんと形を作りたいと思っています。そのときは改めてご挨拶に伺いますので、指輪は私たちを認めていただけたときに返していただければ」

「無理矢理縛りつけたりはしない、ということ?」

母さんの問いに、柏木はしっかりと頷いた。

父さんたちに預けているうちは、関係を勝手に進めないという証《あかし》になる。

「ええ。フランスまで指輪を取りに行きたいと思えるほどの覚悟ができるまでは」

大事な指輪を預けるということは柏木なりの、父さんと母さんに対する誠意のひとつなんだろう。

「捨てるかもしれないぞ」

まだ認められていない父さんは、いじわるを言う。いじわるだ、とわかるくらい本気度は低い言葉だ。

「おふたりを信じます」

柏木の言葉に、母さんが微笑んだ。

「わかりました。ひとまず、比呂が専門学校を卒業するまで……。そのころにはこっちの海外勤務も終わるでしょうから、そのときまでこの指輪は預かっておきます」

「羽瑠さん……」

「同性同士なんですもの。他にも考えるべきことはたくさんあるわ。二年もあれば何が起こるかわからないし、今は見守りましょう？」

その言葉に、父さんが小さく頷いた。完全に認めてくれたわけではないにしろ、見守ることには同意してくれてほっとする。

あとはオレと柏木がちゃんと、これからを見せていけばいい。

そしたら、いつかはあの中華料理屋さんで柏木も一緒にご飯を食べることになるだろう。

父さんと母さんと別れたあと、柏木は仕事に戻るのかと思っていたら一緒にマンションに帰ってきた。まあ、色々疲れたし……と思ってソファに座る。まだ十六時で、何をするにも微妙な時間だ。

「比呂、明日はホテルまで迎えに行くか？　空港で落ち合うか？」

「空港でいいよ。どうせ一緒の車には乗れないし」

「全員で乗れる車を用意してもいいぞ？」

その言葉に慌てて首を横に振る。全員で乗れる車……。咄嗟にワゴン車とかを想像しがちだけど、柏木の場合だとリムジンとかを持ってくるはずだ。

「いいよ、空港で」

もう一度言うと、ようやく納得してくれたみたいだ。

「でも、この一週間……仕事に支障はなかった？」

早く帰ってくる日が多かったし、予定外に来ることもあった。普段の柏木からは考えられないようなことだ。

「ああ。いつ、お義父さんが俺を呼び出しても行けるように調整しておいたからな」

「呼び出し？」

「それはそうだろう。大切なひとり息子を貰うんだ。一、二発は殴られてもいいと思っていた」

柏木を、殴る？

いやいや、うちの父さんにそんな度胸はない。

「それより、指輪を俺の一存でふたりに預けて悪かった」

悪かった？

柏木が言った言葉に驚く。

「どうした」

「柏木が、謝るなんて……」

「俺をなんだと思っている？」

上着を脱いでネクタイを緩めた柏木がオレの隣に座る。

「柏木浩二」

オレの答えに柏木は少し笑った。

「指輪はいいよ。どうせオレが預かってるか父さんと母さんが預かってるかの違いだけだし。それに専門学校出るまでに柏木にプロポーズするようなことにはならないから」

「そうか？」

柏木がぐっと体を寄せてくるから、少し横にずれる。

「だって、自分の足で立てるようになったらって言ったじゃん。まだ先だよ」

「だが、早くしたくてどうしようもなくなるかもしれない」

さらに横にずれようとした体を柏木が止めた。柏木の膝に乗るように横抱きにされて、逃げるのを諦める。

「比呂が待てと言うから、待っている。だが、俺は一日でも一秒でも早く……比呂を俺のものにしたい」

「どうしようもなくなってるのは柏木じゃん」

「そうだな」

あっさり認めて、柏木がオレの首筋に顔を埋《うず》めた。ちゅ、と小さく吸われて……そのまま耳を口に含まれる。

「ば……っ、こんな昼間から……っ」

慌てて離れようとすると、案外簡単に放してくれて驚いた。こういうときの柏木は無理矢理にでも進めようとするのに。

「なんか、企んでる？」

「何も？」

そう言いながら、緩めていたネクタイを解いて自分のシャツのボタンを外していく。

「……なんか企んでるだろ」

確信を込めてもう一度尋ねると、柏木がふっと笑った。

「比呂が、早く結婚したくなるように誘惑しようかと」

「は？」

半分ほどシャツのボタンを外した柏木が、今度はベルトに手をかける。

目を細めた柏木から、ぞくりとするほどの色気を感じて……言葉を失った。

「比呂、シャツのボタンを外してくれないか？」

ふらふらと手が伸びそうになって、慌てて首を横に振る。そんな誘いに乗ったら、明日空港に見送りに行けなくなるかもしれない。

かちゃり、とベルトが外れて……ファスナーを降ろす音が聞こえた。

けれどそこで止めた柏木がオレを見て深い息を吐く。

「比呂」

名前を呼ばれただけで、体がびくりとする。

服をはだけて、ただこちらを見ている。それだけだ。それだけなのに……体の奥がずくりと疼《うず》いた。

それでも動かないオレに……柏木は自分で残りのシャツのボタンを外していく。

全部が外れて、はらりと横にずれると鍛えた腹筋が露《あら》わになった。

「比呂。触れてくれないのか？」

すっと柏木が自分の足の間に手を伸ばした。そこはもうはっきりとわかるほど立ち上がっていて……。それがオレを欲しがってのことだと思うと……。

「エ……エロ親父っ！　変態っ！」

思わず、叫んでいた。

そのまま逃げようとしたオレを柏木が笑いながら捕まえる。

後ろから抱きかかえるようにして捕まったオレの耳元に、柏木の熱い息がかかる。

「情緒がないな」

「そんなものいらないっ」

「こうなってるのに？」

びくりと体が跳ねたのは、柏木がオレのものに触れたからで……。認めるのも悔しいが、そこはしっかり反応していて。

耳の後ろに舌を這わされて、ぞくぞくする。柏木がズボン越しに固くなったそれをオレの後ろに押し当てるから……ごくり、と喉が鳴った。

「ベッドに行こうか、比呂」

囁《ささや》きに頷くのは悔しいけれど。

「ほら。今からだと、夜はしっかり寝られる。見送りも大丈夫だ」

確かに、そうかもしれないと……ぴったりな言い訳を囁かれて、体の力が抜けた。

「比呂、ちゃんと答えてくれ」

首の後ろにキスを落としながら柏木が言うから……。

「ベッド……行こう」

甘い声を返してしまう。

にやりと笑った柏木がオレを抱え上げて……オレは落ちないように柏木の首に手を回した。

ゆっくりとベッドに降ろされて……その優しい手つきとは反対に、荒々しく唇が重なる。落ちないように柏木の首に回していた手は、いつの間にか柏木が離れていかないように抱きしめるものに変わっていた。

柏木の手が、オレのズボンを脱がそうとしているのに気がついて、自然に腰を浮かせる。キスを続けながら柏木も自分の服を脱いでいく。

「ん……っ」

膝に手がかかって、足が広げられた。そこに柏木が体を入れて……柏木の、すっかり固くなったものが、オレのものに触れる。

「あっ……」

ぐりぐりと押しつけられて声が上がった。柏木がふたりのそれを離れないように握り込んで腰を動かす……。

「や……っ、あぁっ」

すぐに達してしまいそうになるのを耐えていると、離れた唇が首筋に移動した。甘く噛《か》まれて息が上がる。

「比呂。愛してる」

首筋から、鎖骨へ……それから、胸の突起へ。背中に回った柏木の手が引き寄せるように体を持ち上げて……赤く立ち上がったそこを柏木の前に晒《さら》してしまう。

「あぁっ！」

突起を口に含まれて、体がビクリと跳ねた。

舌でそれを押し潰されて……、ふたりのものを握る手も動き始めて……。

「あっ……あぁっ」

息が上がる。

「か、しわ……ぎ……っ」

名前を呼ぶと、顔を上げた柏木がキスをくれる。

柏木とのキスが好きだ。

奪うような、激しくて深いキス。

柏木とキスをしているとオレの頭はいつも真っ白になる。そうなると、柏木を欲しいと思う気持ちを隠さなくてもよくなって……。

ふたりのものを握る柏木の手に、自分の手を重ねる。

すぐに柏木のものがぐっと質量を増して……ふたりで一緒にいきたくて、柏木に合わせて手を動かした。

「……っ、比呂っ」

柏木の声が腰にずくりと響く。限界は、近くて……。柏木の腰が大きく動いて……。

「あぁぁっ！」

お腹のあたりに飛び散る熱いものを感じた。ほぼ同時に吐き出した白いものがどろりと垂れていく。それを手に取って、柏木が後ろへ手を伸ばした。

「んんっ」

中指……。長い指が、ふたりの出したものの滑りを借りて一気に奥へと入れられる。

「大丈夫か？」

「だ……っ」

大丈夫か、と聞くくらいなら動かさないでほしいのに、それは容赦なく中を暴いていく。

「比呂」

こめかみに落とされた唇が、柏木の息が熱いことを伝えてくる。まだ、達した余韻も残っているせいで……後ろで動く指に声が抑えられない。

「あぁっ、あっ……んんっ」

くるりと体をうつ伏せにされて……中の指が大きく動く。膝立ちの姿勢は、柏木に向けてそこを突き出しているようで……。恥ずかしくて体が熱くなる。

「比呂」

柏木の声が下の方で聞こえて……マズイと思った。

まだ力の入らない体で上に逃げようとして、腰を掴まれる。

「あああああっ！」

そこに、ぬるりとしたものを感じて叫んだ。

柏木の舌が……受け入れるその場所に当てられて……指と一緒にそこを広げていく。

「やっ……あっ」

必死で枕を引き寄せて、顔に当てる。そうしないと、早くと叫んでしまいそうだった。

早く、柏木が欲しい。

くちゅくちゅと響く水音が、どうしようもなく羞恥心を煽る。勝手に動き出す腰を柏木がするりと撫でて……オレはまたあられもない声を上げる。

いつの間にか増やされた指は丁寧にそこを広げていって……。

背中にキスを落としながら、上に移動してきた柏木がベッドの横の引き出しに手を伸ばした。

柏木が、ゴムを取ろうとしている。

それに気づくと、もうすぐだという期待に中が疼いた。

「少し、待て」

耳元で囁かれて、顔を向けた。目が合うと、柏木が微笑んで……目元にキスを落とす。

余裕を見せる柏木が少し、悔しい。柏木だって早く挿入れたいはずなのに。

「早く欲しい」

だから、とろんとした顔のまま声にした。

「柏木……。早く、挿入れて」

きゅっと後ろに力を入れると、バサッと何かが落ちた。柏木がゴムを落としたらしい。

「チッ」

舌打ちするのは、歯でゴムの封を開けようとして失敗したからだ。

「早く」

面白くなって煽ると、後ろから指が抜かれた。

「あ……」

両手を使う柏木は正確にゴムの封を開けて、最速で装着する。それがおかしくて笑っていると、仰向《あおむ》けにされて……大きく足を開かされた。

「待たせた」

少し浮かせた腰の下に、さっきまでオレが握りしめていた枕を入れられる。

そこにすっかり固くなった柏木のものを当てられて……ごくりと唾を呑《の》んだ。

入り口を、先端で擦《こす》る。

その動きだけで、頭がクラクラする。

「あ……っ」

ぐっと押し入ってくるそれに、体が跳ねる。それを押さえつけるようにして柏木が腰を進めた。

「あああああっ！」

一気に奥まで挿入れられて、目がチカチカする。柏木が少し腰を揺するだけで達してしまいそうになって歯を食いしばった。

「比呂、煽ったんだから責任は取れよ？」

いきなり動き始めた柏木は、オレの太ももを摑んで少しも離れることを許さない。オレは、ただ柏木の動きに合わせて声を上げることしかできなくなった。

摑んだ足が、片方だけ大きく上に持ち上げられる。深くなる角度に、何も考えられなくなって……。

「やっ、ああっ……あっ、あああっ」

腰が、浮く。

まるで上から打ちつけるような動きに、何度も達しそうになるのに……そのたびに一瞬動きを緩める柏木を涙目で見上げた。

「比呂、おねだりがいるんじゃないか？」

「欲しい」

すぐに答えたオレを、柏木が驚いた顔で見下ろした。自分で言っておきながらオレが素直に口にするとは思っていなかったみたいだ。

「柏木がもっと欲しい」

繋がる部分にそっと手を伸ばす。

柏木のものの根元に指を這わせると、繋がったままぐるりと体が反転した。

「うわっ！」

後ろ向きに膝立ちになって……柏木が、腰を力強く摑んだ。

オレの意識はそこまでだ。激しい抽挿に声を上げることもできなくなって……ただ、舌を嚙まないようにシーツに歯を立てる。

「比呂」

ひときわ大きく腰が動いて……、どくりと心臓が跳ねた気がした。

ベッドの上に崩れ落ちるように横たわったオレの上に柏木が体を乗せる。ぴたりと張りついたまま荒い息を整えて……。

「比呂。愛してる」

耳元に小さくキスが落ちる。

「うん、オレも……」

ふわふわとした意識のまま、答えると……、ずくりとオレの中にあった柏木のものが固くなった気が……。

「え？」

けれど、ずるりと抜ける感覚に、さすがにそれはないよなと思う。

さっきのは激しかったし、先に一回出してるし……。柏木もそんなにすぐに復活は……

そう思って、視線を下にして驚いた。

だって、柏木がゴムをつけ替えてる……。

「無理」

「大丈夫だ。今度はゆっくりする」

ゆっくりするとか、そういった問題じゃない。

でも、続けて二回も達した体は力が入らなくて……柏木が中に入るのを、あっさり許してしまう。

「嘘……」

「いいかげん、慣れろ」

「無理……」

そう言うオレの太ももを柏木がゆっくり撫でる。首筋に舌を這わし……胸の突起に手をやって……。

「……っ」

見つけたオレの感じる場所を執拗《しつよう》に攻める。

「比呂、また欲しいと言ってくれ」

「……ぁっ」

ゆるりと腰を動かしながら、突起を軽く噛まれて声が上がった。太もも、腰……背中。

敏感になった体は柏木の手が移動していくだけでビクビクと震える。

ようやくオレのものが形を取り始めると、柏木はそこに手を添えた。

「あっ、や……っ」

指だけでそこをなぞられて泣きそうになる。先端で止まった指が……くるりと弧を描いて……。

「ああっ！」

ぐっと力を入れられて体が跳ねる。痛いのに……気持ち、よくて。

柏木の顔が近づいてきたと思ったら、唇が重なる。

また、頭が真っ白になって……オレは柏木に自分の足を絡めた。

それを合図に柏木が腰を動かし始めて……はずみで唇が離れると、声が上がる。

「ゆ……っくり……って！」

ゆっくりって言ったはずだ。必死でそう言葉にすると柏木は楽しそうに笑った。

「そうだったな」

柏木の動きが止まって、ほっと息を吐く。そんなに何度も激しくされたら意識が飛ぶ。するりと腕をなぞるように動いた手が……オレの手を握り込んだ。柏木の口元に持っていかれるのはオレの左手で……。

「痛っ！」

がり、と歯を立てられて声を上げる。

柏木は自分が嚙んだ左手の薬指の傷に舌を這わせる。

「何を……」

「早くここに俺のものだという証をつけたい」

そう言う柏木の声は、低くて。

「そんなもの、なくても……」

「なくても比呂は俺のものだ。だが、際限なく欲しい。手段があるなら、そのすべてを使って」

「……重い」

ここでオレはお前のものだとか言えたらいいんだけど……、柏木の愛の重さがすごすぎてちょっと引く。

「もうオレはかなり柏木のことが好きだし、愛してると思うけれど柏木に勝てる気がしない」

溜息交じりに言うと、オレの中で柏木がずくりと大きくなった気がした。

「なん……で……っ？」

「好きだし、愛してる」

確かに、そう言った。言ったけれど、その言葉は甘い囁きじゃなかったはずだ。

「想いの強さなら、負ける気はしない。返すことなど考えなくていいぞ。俺がグダグダになるまで甘やかして愛してやる」

ゆっくり腰を引いた柏木が……同じ速度で中へ……。

「あ……んん……っ」

オレの様子を窺いながら、柏木が攻める場所を変える。いっそひどく突いてくれればいいのに撫でるようにゆっくりと。

ゆっくり、とは言ったけれどいざゆっくり動かれると……もどかしくて。

「比呂、愛してる」

耳元で囁かれると、本当にグダグダになりそうで……。

「……っと」

「ん？」

聞こえているくせに、とぼける柏木に腹が立つ。

「もっと！　柏木をオレに寄越せっ」

数秒後に後悔することはわかり切っているのに、ただ柏木が欲しくて。

オレの愛も大分、重くなり始めてるのかなと思わずにいられなかった。


「あー……もう、あんなホテル生活してたらフランスに帰りたくなくなっちゃうわ」

チェックインカウンターの前で母さんが笑いながら言った。まあ、確かに。色々あったけど、あんないい部屋でマカロン（マカロンだけじゃないけど）食べ放題がついてるような生活を一週間ほどだ。最終日にはさらにゴージャスな部屋になった。一生に一度の贅沢のような気分だろう。

昨日は……うん。夜は寝られた。まだ疲れは取れていないし、腰は痛いけれど……死んだように眠ったせいでなんとか普通の顔をしていられる。睡眠は大事だ。

「柏木さん、比呂のことをよろしくお願いします」

柏木は母さんに合わせて頭を下げる。柏木が頭を下げる相手なんて……他にいるんだろうか。

「比呂」

父さんがオレに一枚のチケットを渡してきた。まさかこの期に及んで、一緒にフランスに行こうとか言うんじゃないかと思いながらもチケットを受け取る。

「日付指定のないチケットだ。いつでも使える」

「父さん……」

「私が心配なだけだ。持っておきなさい。それから、柏木さん。もし、比呂が自分の意思でこれを使うときには、止めないと約束してくれませんか」

ちらりの柏木を見ると、柏木は迷いなく頷いた。

「わかりました。このチケットは比呂に持たせておきます」

その言葉にちょっと感動する。そうか。これから喧嘩したらフランスまで逃げればいいのか。

大事にとっておこう、とチケットを握りしめる。柏木もフランスまではそう簡単に追ってこられないはずだ。

「元気でね！」

「比呂、いつでもフランスに来ていいからな」

父さんと母さんがかわるがわるオレにハグしてくる。ハグなんてあんまりするような人たちではなかったが、向こうで暮らしてる間に抵抗がなくなっているのかもしれない。

「うん、ありがとう。そっちも元気で」

保安検査場に歩いていく二人の姿が見えなくなるまで見送った。

バタバタした一週間だったけど、別れ際は寂しいものだ。

「これ、もう使っちゃおうかな」

父さんに貰ったチケットを見せると、柏木が笑う。

「いいぞ。すぐに追いかけるだけだ」

あー……。そういうことか。オレがいつチケットを使っても、飛行機の中で柏木と隣り合わせなんて事態が起こりうるのか。自分も行くつもりだからオレがチケットを使うときに止めないと約束できたんだ。

「指輪を貰ってくるか？」

「まっ、まだ早いし！」

そしてふたりでフランスに行くということは……そういうことだと解釈もできるわけで。

「それに、専門学校出るころには父さんたちも帰ってきてるだろ。わざわざ向こうに取りに行かなくても大丈夫」

オレがしっかり美容師になって。

そしてできればちゃんと就職をして……。自分の足で立つというのはそこからがスタートだ。柏木を随分待たせることになるけれど、仕方ない。

「まだ、な？」

その言葉はいずれ……と約束をした証のようだ。

「まだ、だ」

オレも繰り返して、柏木の横に並ぶ。

手を繋ぐには……少し、人目が気になる。旅行先で繋いでいたのとは違うから。でも、どうしようかと悩んでいるとき、ふと近くの店が目に入った。

空港にはいろんな店が並んでいる。

そのひとつ。紳士服や小物を扱う店だ。

「あ、ちょっと待ってて」

ディスプレイしてある濃い青のハンカチ。大人向けのデザインは、田辺さんによく似合っている気がした。

「ハンカチ？　比呂にはもっと明るい色が……」

「違う、違う。田辺さんに渡そうと思って」

あのとき借りたハンカチは結局、柏木に取り上げられたままだ。柏木が返すと言っていたけれど、本当かどうか怪しい。

「ほう？」

「ほら。色々お世話になったし。田辺さんが出入りしてたから、あの男も動きづらかったところがあるだろうし……」

値段を見ると千五百円。ハンカチにしては高いけれど、少し奮発してしまおうかと考える。あ、でもこっちのグレーのハンカチも悪くない。どちらにしようかと並べて見ていると、後ろで気配を感じた。

「俺の目の前で他の男へのプレゼントを選ぶとは、いい度胸だな。比呂」

低い、声。

「え？」

ただのハンカチだ。なんなら消耗品に近い。

「プ……プレゼントってほどのことじゃ……」

ちょっとした贈り物にハンカチは定番だし、そもそも借りてたものだし。

「あっ」

柏木が、オレの持っていたハンカチを奪って元に戻してしまう。何をするんだ、と叫ぶよりも早く抱え上げられて頭が真っ白になった。

だって、ここは空港！

手を繋ぐかどうかでさえ悩んだのに、抱え上げるって！

「かかか、柏木っ！」

「お前が悪い」

オレは悪くない！

「比呂、愛してる」

急に何を？

「いや、あのっ……降ろし……っ」

「じゃあ、手を繋ぐなら降ろしてやってもいい」

「は？」

今、柏木はなんと言った？

顔を見ると、楽しそうに笑っている。さっき、オレが手を繋ぐのを悩んでいたことに気がついていたらしい。

「繋ぐか？」

抱え上げられたまま、そう聞かれて……。小さく頷くと、体がゆっくり降ろされた。

抱え上げられて歩くよりは手を繋いだ方がいいに決まっている。

すっと差し出された手に、自分のそれを重ねて……。ゆっくり歩き始めるけれど……、思った以上に恥ずかしいものだ。

「田辺には俺から返すと言っただろう。もう関わるな」

「そうもいかない。オレが借りたハンカチだ。オレが返す。そういうのも、自分の足で立つってことだろう？」

オレたちとすれ違う人の視線は……。気にしない。気にしてはいけない。

「配偶者が世話になった相手にお返しをすることが、そんなに不自然なことか？」

「まっ……まだだ！」

「そうだな。まだ、だ。比呂が自分の足で立つのも、まだ先だ」

ああ言えば、こう言う！

「そんなこと言ってるといつまでも……！」

「ただの嫉妬だ。他の男のことなど、微塵も考えるな」

はっきりと言われた言葉に、それ以上何も返せなくなって……。

「やっぱり、指輪を貰ってきてもいいんじゃないか？」

柏木が足を止めようとするから、慌てて手を引いた。

指輪はまだ先。

けれど、まだという言葉は、その先を約束するもので……。

「今はこれでがまんしろよ」

繋いだ手を掲げて……、オレは柏木の左手の薬指にそっとキスを落とした。

あとがき

『ヤクザからの愛の指輪は永久に不滅です…?』を手に取っていただき、ありがとうございます。稲月しんです。気がつけば、シリーズ四作目……! 相変わらず比呂と柏木はバタバタとしております。

今回は比呂が柏木を両親に紹介するというものすごく高度なミッションを抱えています。将来のこと、柏木とのこと。ようやく将来に向かっていく道筋は見えたものの、それを現実にしていくにはまだ問題が残っていそうです。

イラストは秋吉しま先生。いつも素敵なイラストをありがとうございます。書き上げてからイラストを見せていただくまでが、もう楽しみで仕方ありません。また、編集のG様にいつも助けていただいて感謝しております。

最後になりましたが、こうして本を出させていただく幸せは応援してくださるみなさまあってのことだと思っています。本当にありがとうございます。

稲月しん

供給過多のハンカチ

「もう大丈夫なのか？」

翌日、大学に行くと亮《りょう》に心配された。それも無理はない。亮と会ったのは、ネックレスを追いかけてアイアンクローされたあの日以来だ。

正門から校舎へ向けて歩く大きな道。周囲には同じように歩いている学生も多い。

「大丈夫ですよ。ちゃんと犯人は捕まりましたし」

オレが答える前に後ろから声が聞こえてきた。驚いて振り返ると、田辺《たなべ》さんが笑顔で手を振っている。

「た……田辺さん？」

「お久しぶりです。比呂《ひろ》くん」

「どうして……」

「まあ、大学の警備が一番緩いからですかね」

にこにこ笑いながら言うけれど、こうもしょっちゅう田辺さんが顔を出していたら警備が強化されるかもしれないのでやめてほしい。

「あれから何度か連絡しようとしたんですけれど、電話が繋《つな》がらなくて」

繋がらない？　まあ、友人ですらブロックされるオレの携帯だ。田辺さんがブロックされないわけはない。

「それと、職場の近くにおいしいスイーツの店がありましてね。比呂くんにぜひにと思って」

「え、そんな。オレ……まだハンカチも返してないのに」

すっと差し出された紙袋を思わず受け取りそうになって慌てて我に返る。これは受け取っちゃいけない。

「ああ。気にしなくて構いません。最近、よくハンカチを貰いますので」

「え？」

「飲みに行った先のお姉さんが、今日は特別ってプレゼントしてくれたり、買い物に行ったときに貴方は百人目のお客様ですとか言われたり。もう毎日のようにハンカチが……」

「あはは」

なんとなくその原因に思い当たって笑うしかない。

「あっ、あのっ！」

そのとき、ひとりの女子学生がオレたちと田辺さんの間に割り込むように現れた。

「これ、受け取ってください！」

顔を赤くして田辺さんに何かを押しつけて去っていく。田辺さんが受け取った包みを開けてみると……ハンカチだ。思わず周囲を見渡した。この光景も誰かが見てるんだろう。緩いからといって、警備がいないわけじゃない。

「こんなふうに一日一枚はハンカチをいただくので……。比呂くんの方から、もう大丈夫だと伝えてもらえませんかね？」

誰に、なんて聞けない。こんなおちゃめな真似《まね》をするとは思っていなかったけれど、犯人は柏木《かしわぎ》に決まっている。よほどオレが田辺さんのハンカチを選んでいたことが気に入らなかったらしい。

「……伝えておきます」

「ああ、それとひとまず、あのストーカーは実刑になると思います。塀の中にさえ入れてしまえばあとは柏木浩二《こうじ》が好きなようにするでしょう」

「え？」

「わりと塀の中は、反社会的勢力の力が強いんです。穏やかな服役生活は望めないだろうなという話ですよ。そういうことには慣れていませんか？」

「……」

聞いたことがある。慣れているとは言えないけど、初耳だと驚くことではない。

「比呂くん、柏木浩二は怖い人間です。離れたいときはいつでも力になります。警察の権力もなかなか捨てたもんじゃないですよ？」

「あ、あのっ！」

そこで再び声がかかった。今度は女子学生ではなく、男子学生だ。男子学生と言っても目が大きくて睫毛《まつげ》が長くて、アイドルみたいに可愛《かわい》い顔をしている。

「これ、受け取ってください！」

顔を赤くして田辺さんに何か押しつけて去っていく姿は、さっきの女子学生より可憐《かれん》に見えるくらいだ。手を変え品を変え……あ、品は変わってないけど、これではさすがに田辺さんも迷惑だろう。

「……そろそろ、戻りますね」

今度は包みを開けもせずに田辺さんが苦笑いする。

確かにこのままでは、永遠にハンカチを持った学生が現れそうだ。

「あ、これ。ほんとにおいしいので食べてください」

再び紙袋を差し出してくる田辺さんに慌てる。これは受け取っちゃいけない。

「でも……」

「フィナンシェは好きじゃないですか？」

フィナンシェ？　しっとりした触感とバターの香りがいいよね。嫌いな奴なんていないだろう。油断したところに押しつけられるように紙袋を渡された。

受け取るべきじゃなかったけれど、フィナンシェに惑わされたオレの負けだ。田辺さんの背中は、もうすでに遠ざかっている。

「比呂」

亮が呆《あき》れたような声を上げる。オレも自分に呆れているところだ。

「……お菓子に罪はない。もう、食べちゃおう！」

持って帰ることはできない。この場で証拠隠滅が一番いい。そう思って紙袋を開けようとしたところで、後ろから伸びてきた手が紙袋を奪っていった。

「え？」

紙袋を追って振り返ると……そこにいたのは柏木で。

「なんで……っ？」

「おかしな男がつきまとっているようだからな」

涼しい顔で言ってるけど、紙袋を持つ手に妙に力が入っている。

「朝霞《あさか》亮。食べるか？」

亮が素直に受け取る。保身のためだ。フィナンシェが食べたいわけじゃないはず。

「欲しいなら店ごと買ってやる。お前はハンカチで懲りないのか？　今すぐフランスに指輪を取りに行くか？　区によってはパートナー制度がある。とっとと申し込むか」

「無理矢理縛りつけたりはしないって！」

「無理矢理じゃないだろう？」

「む……」

確かに、柏木の隣にいると決めたのは自分だ。

「む……りやり、じゃない、けど……柏木、待つって言ったじゃん！」

「ふらふらするなら、待たない」

「お前がふらふらなんてしてねーし！」

「してるだろう？」

「してねーよっ。オレには柏木だけ……っ？」

そう叫んでしまって。

そのあと、ここがどこだか思い出した。

周囲の視線が生暖かい気がして……急激に頬に熱が集まっていく。ただでさえ大学構内で異質な柏木は注目を集めているのに。

柏木がにやりと笑うのが見えて、いたたまれなくなって走り出す。

すぐに後ろから追ってくる革靴の音に……余計に目立ってると思うけど、何故だかこの状況が面白く思えてきて頬が緩む。

大学構内でヤクザと追いかけっこ。

ありえないことが日常になりすぎて、きっとオレの未来には平穏なんてない。でもそれがとんでもなく楽しみなんだと言ったら笑われるだろうか。

稲月しん先生、秋吉しま先生へのお便り、
本作品に関するご意見、ご感想などは
〒101-8405
東京都千代田区神田三崎町2-18-11
二見書房　シャレード文庫
「ヤクザからの愛の指輪は永久に不滅です…？」係まで。

本作品は書き下ろしです

CHARADE BUNKO

ヤクザからの愛《あい》の指輪《ゆびわ》は永久《えいきゅう》に不滅《ふめつ》です…？

2022年10月20日　初版発行

【著者】稲月《いなづき》しん

【発行所】株式会社二見書房
東京都千代田区神田三崎町2-18-11
電話　03(3515)2311[営業]
　　　03(3515)2314[編集]
振替　00170-4-2639
【印刷】株式会社 堀内印刷所
【製本】株式会社 村上製本所

ISBN978-4-576-22142-7

https://charade.futami.co.jp/